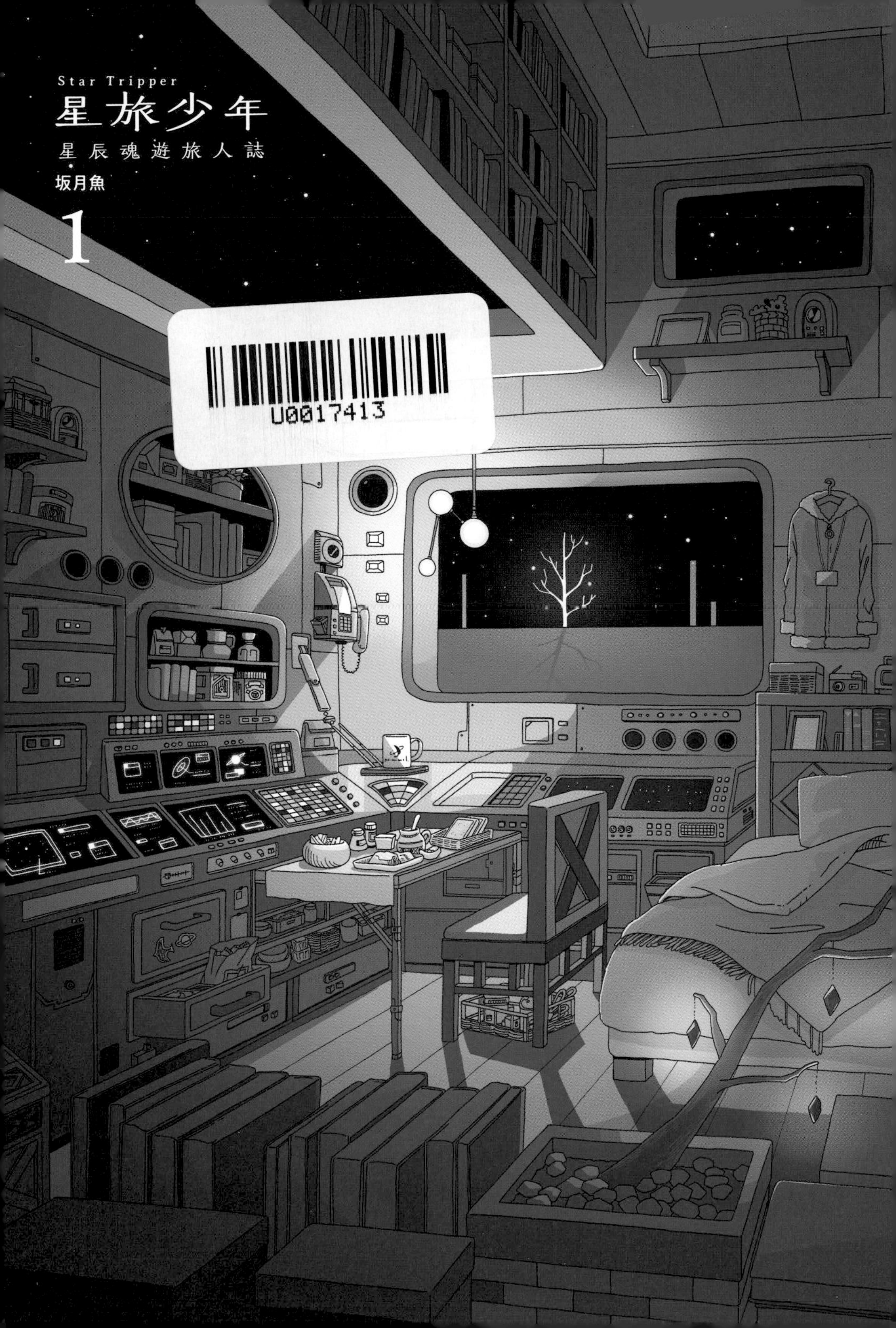
Star Tripper
星旅少年
星辰魂遊旅人誌
坂月魚
1
U0017413

夜空圖書館

COFFE

Contents

episode.01　星辰旅行

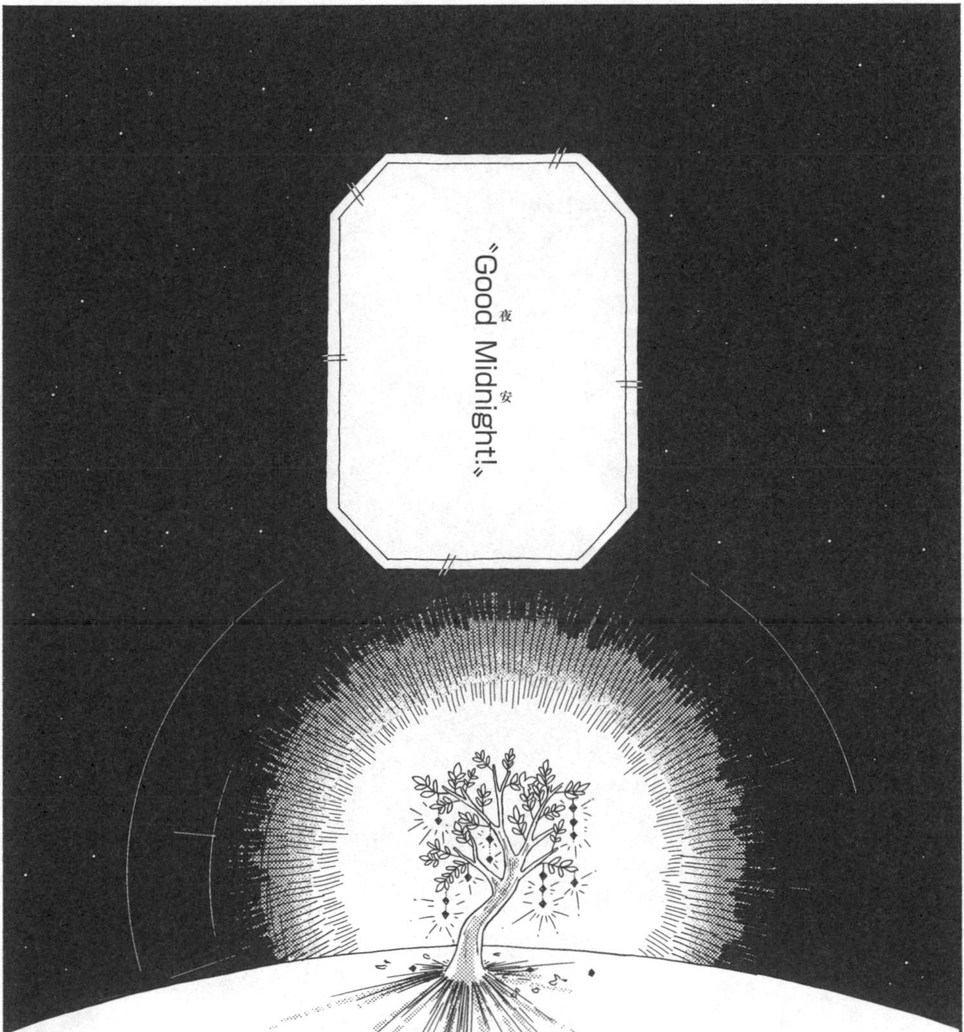
“Good Midnight!”
夜安

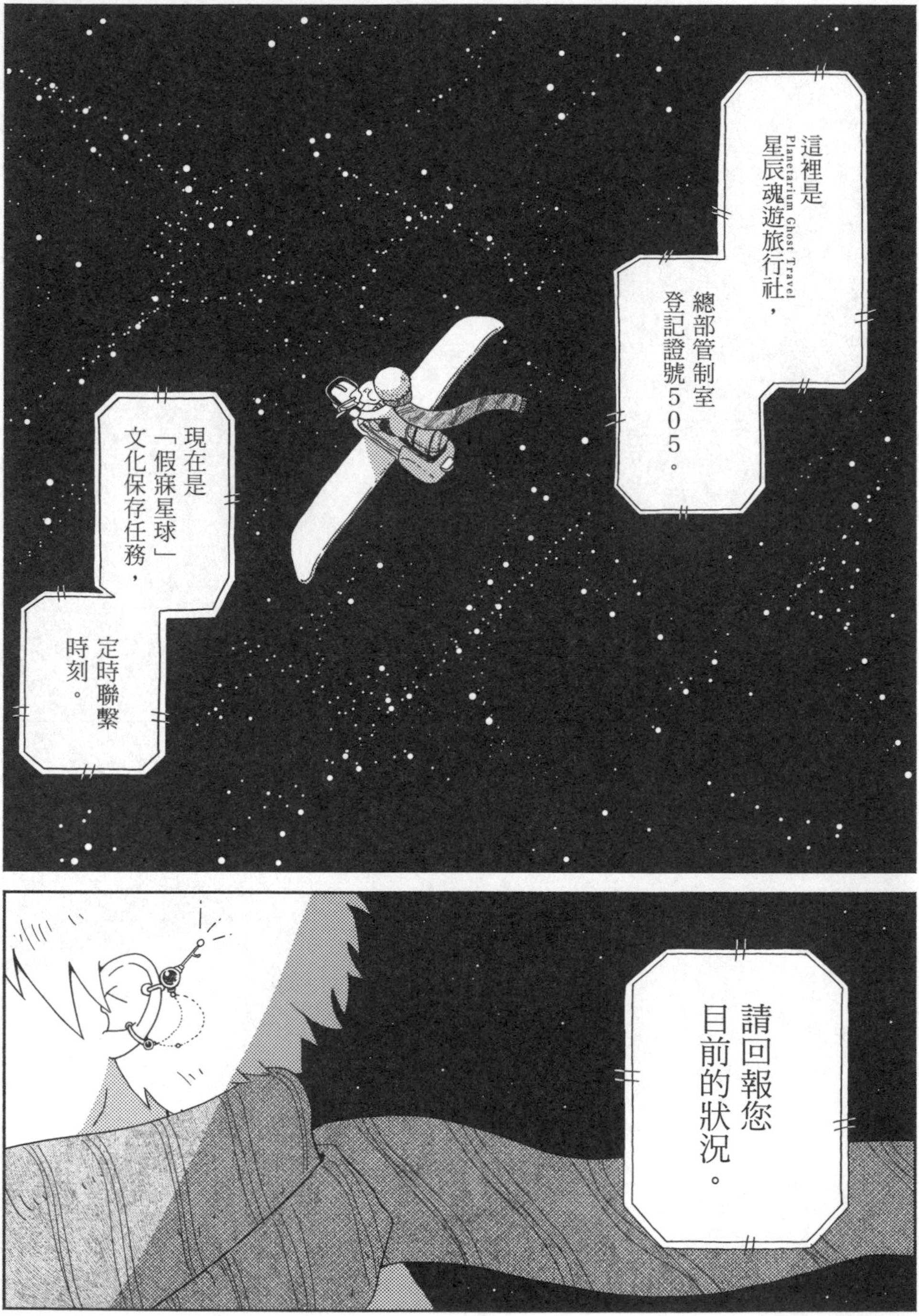
這裡是星辰魂遊旅行社，
Planetarium Ghost Travel
總部管制室登記證號505。
現在是「假寐星球」文化保存任務，定時聯繫時刻。
請回報您目前的狀況。

這裡是星辰魂遊旅行社，
文化保存局特殊派遣員，
「星旅人」。
登記證號303。

星星都露臉了，真是個美好的夜晚。

請問您距離目的地還有多遠呢？
我也不清楚，我從剛剛就已經迷路了。
……

呃～……請您先保持冷靜。
我很冷靜。
不過還是請您稍微有些緊張感好了。
收到。
您已經抵達目的地星球了吧？
是的。
我在1小時前已經抵達，107號行星「假寐星球」。
我現在應該是在「星海沙丘」的上空處。
不過因為沙塵暴的關係，地圖都破了。
我找不到前往目的地「宵狩街」的路線。
所以……

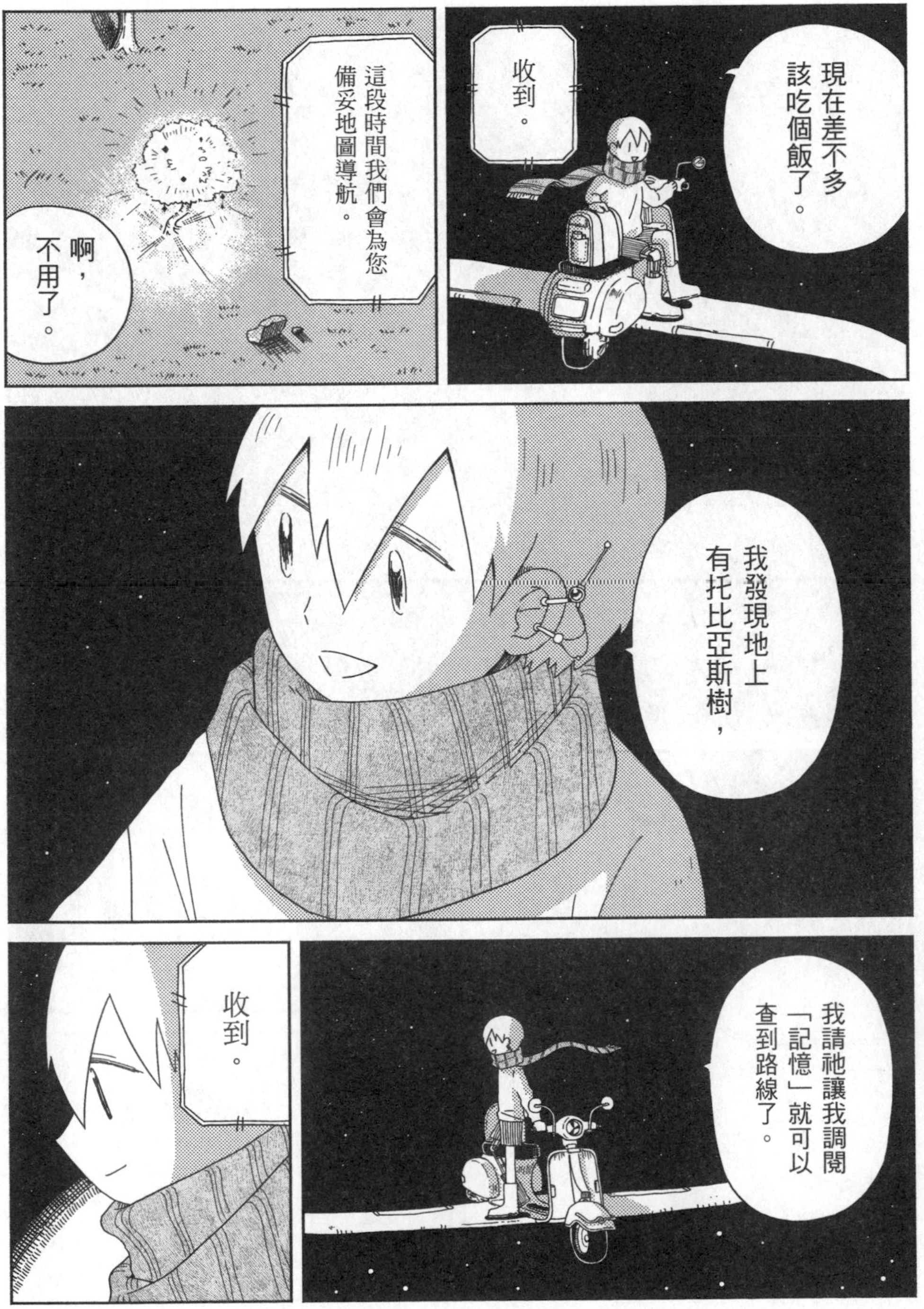
現在差不多該吃個飯了。
收到。
這段時間我們會為您備妥地圖導航。
啊，不用了。
我發現地上有托比亞斯樹，
我請祂讓我調閱「記憶」就可以查到路線了。
收到。

喀嚓喀嚓
那請您用餐結束後，就可以上路了。
時間已經有點延誤了，稍作休息就好。
緩緩
收到。

也請您別忘了送交業務日誌。
啊～……
其實日誌主機也故障了。
那請您送交紙本日誌就可以了。
請掃描後送交。
啊～……
不能通融一下嗎？
不行。
咻——…

咖恰咖恰

播報今晚的航空
交通路況，
沙街MIDNIGHT廣播電台
咬下
因受到莎莉星座流星群
造訪的影響，
超高…飛行船會
減速行駛…
喀嘰
喀嘰
請在周邊…飛行的
旅客留意周遭的…
交通…狀況，
還有地面上的…
也要…
舔

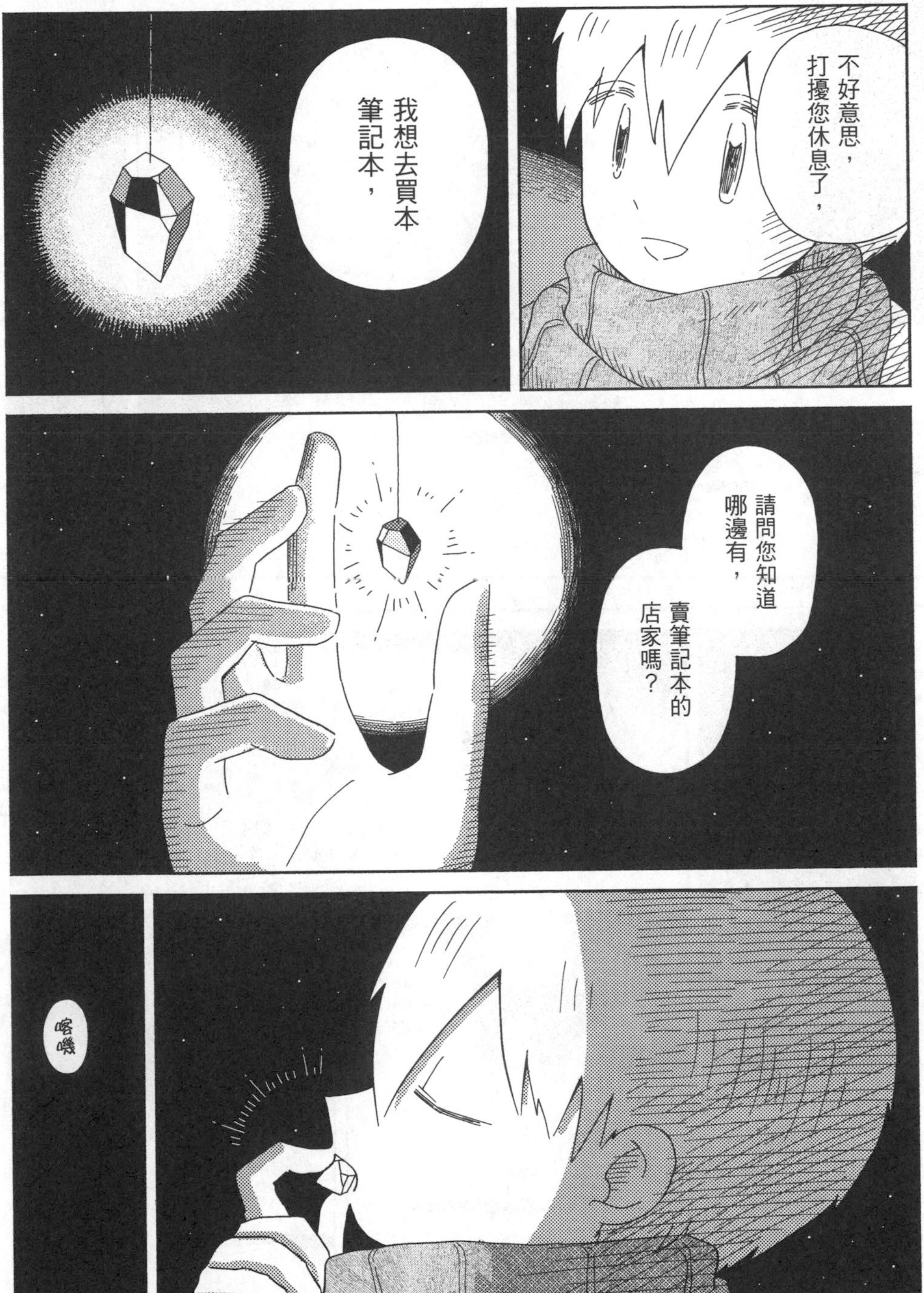
不好意思，打擾您休息了，
我想去買本筆記本，
請問您知道哪邊有，
賣筆記本的店家嗎？
喀嚓

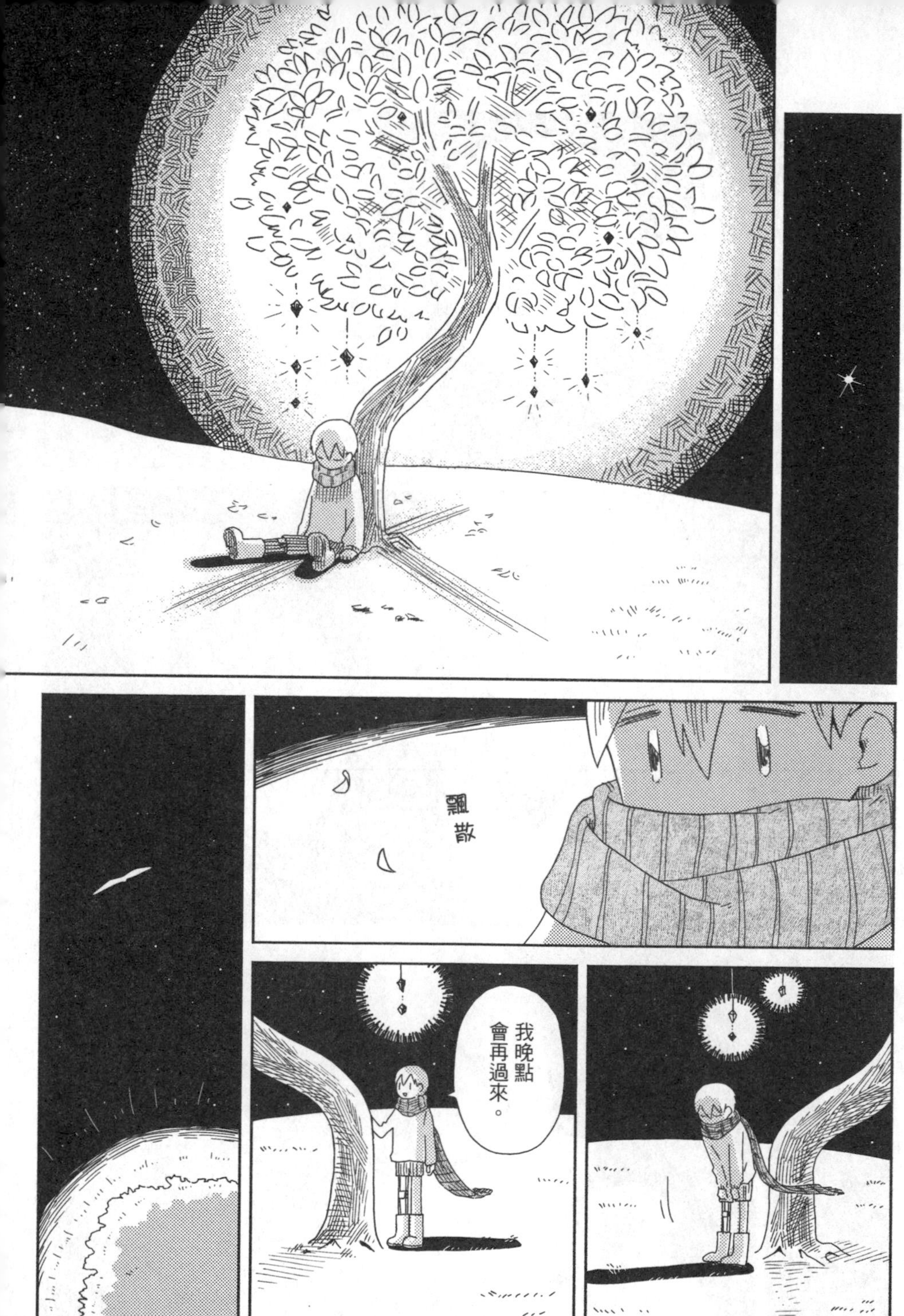
飄散
我晚點會再過來。

哦！
是那邊嗎？

您好，請問有賣筆記本嗎？
放在那邊的抽屜裡喔！
因為這附近沙塵很大，所以我先收起來了。
原來如此。
你想買筆記本嗎？現在很罕見呢！
是啊。

我想要寫日誌，
但日誌主機故障了。
啊～那應該是因為沙塵的關係唷！
那些沙子跟現存的機器會互斥喔！
因為那些都是過去的機器風化而成的沙子。
哦～原來是這樣呀！
你不是住在附近的人吧？
是來旅遊的嗎？
嗯，我是PGT公司的星旅人。
PGT……是那間規模大到誇張的旅行社嗎？
嗯。
不過最近什麼生意都做就是了。
哈哈，現在都是這樣啦～
你是那間公司雇用的星旅人呀～
這樣到底算是自由、還是不自由呢？
一點都不自由啦。
不過，會造訪這麼小的星球還真稀奇呢。
是來工作的嗎？
還是要來找什麼呢？

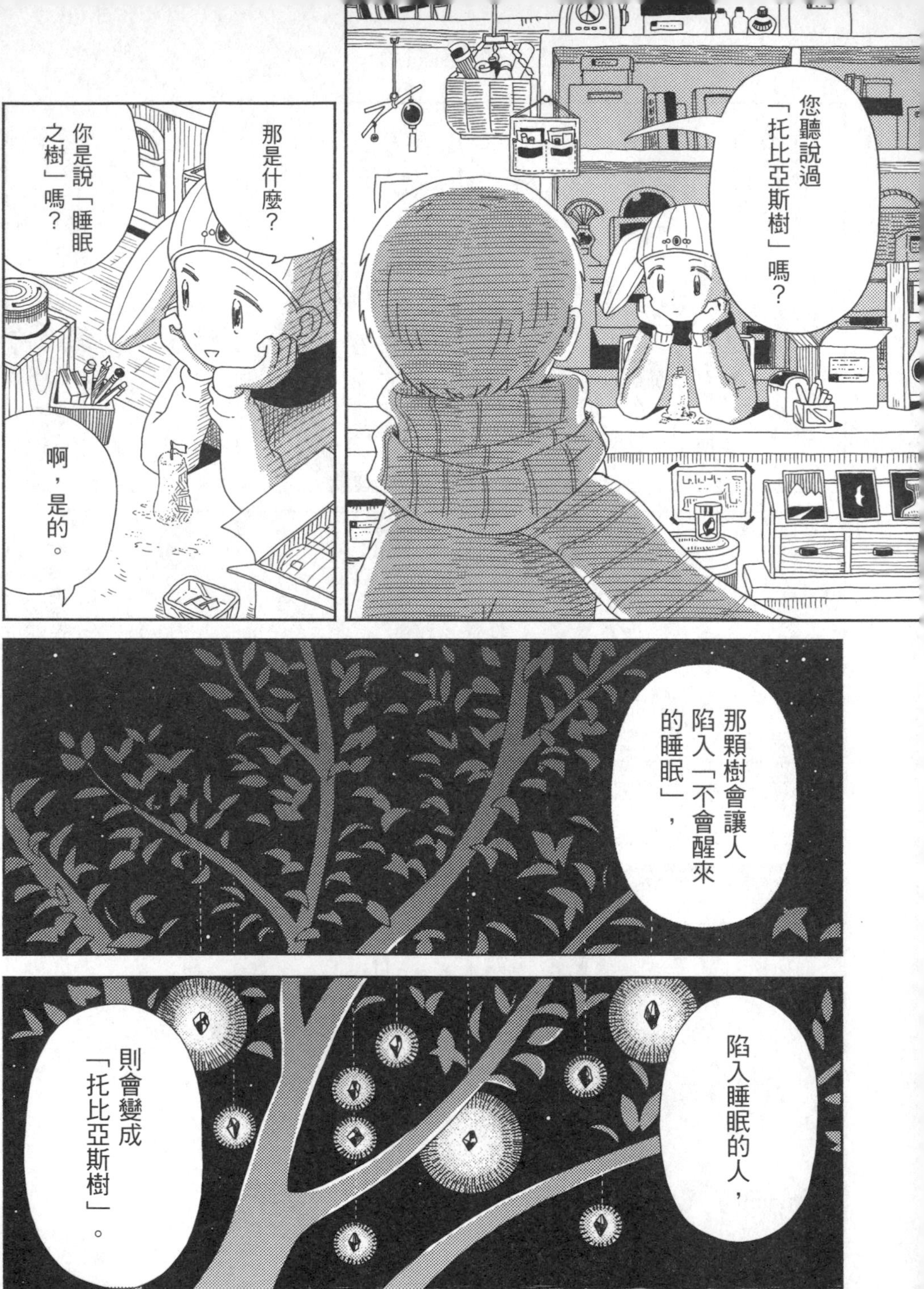
您聽說過「托比亞斯樹」嗎？
那是什麼？
你是說「睡眠之樹」嗎？
啊，是的。
那顆樹會讓人陷入「不會醒來的睡眠」，
陷入睡眠的人，
則會變成「托比亞斯樹」。

當絕大多數的人都陷入睡眠的星球則被稱之為「假寐星球」，
我就是為了記錄這樣的文化而來到這顆星球。
原來是這樣啊。
……咦，所以我們這裡也變成「假寐星球」了嗎？
對呀，最近發生的。
啊～因為這陣子廣播收訊不良，我都沒聽說這件事。
哎呀。
啊。
這樣的話，你要不要也記錄一下我們這裡的商品呢？
哦。
沒問題！
不過我們這邊都是一些奇奇怪怪的商品。
這樣才好啊！
嗯？

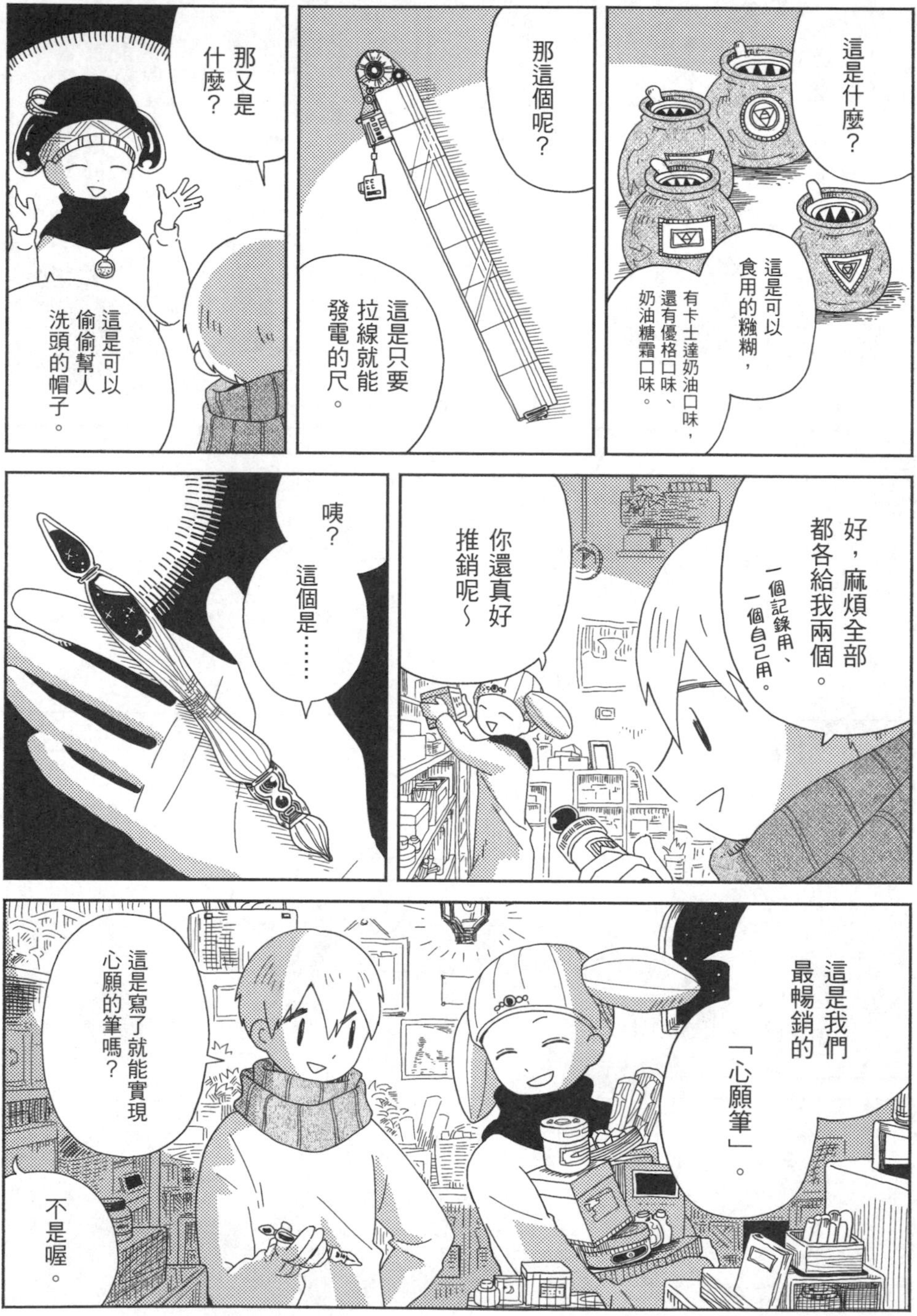
這是什麼？
這是可以食用的糨糊，
有卡士達奶油口味，還有優格口味、奶油糖霜口味。
那這個呢？
這是只要拉線就能發電的尺。
那又是什麼？
這是可以偷偷幫人洗頭的帽子。
好，麻煩全部都各給我兩個。
一個記錄用、一個自己用。
你還真好推銷呢～
咦？
這個是……
這是我們最暢銷的「心願筆」。
這是寫了就能實現心願的筆嗎？
不是喔。

你先隨便寫些東西，寫什麼都可以。
你寫了什麼？
我的獨門蛋瑪戈玉子燒食譜。
這種地方還真的看得出一個人的個性呢……
小哥，你待會還有時間嗎？
要是可以等上一個小時，就可以看到很有趣的東西唷！
沒問題。
太好了！

不過，
你竟然可以找到我這間店，這裡明明離城鎮很遠呢！
是啊。
幸好我有來，才能發現原來這裡有一間沒客人光顧、都快倒了的店呢！
還真是不客氣～

這裡以前可是很繁榮的喔，
還有不少熟客。
也有很多店家，熱鬧得很。
那邊的廣場還時常舉辦市集喔！
天空中飄揚著許多旗幟，真的很漂亮。

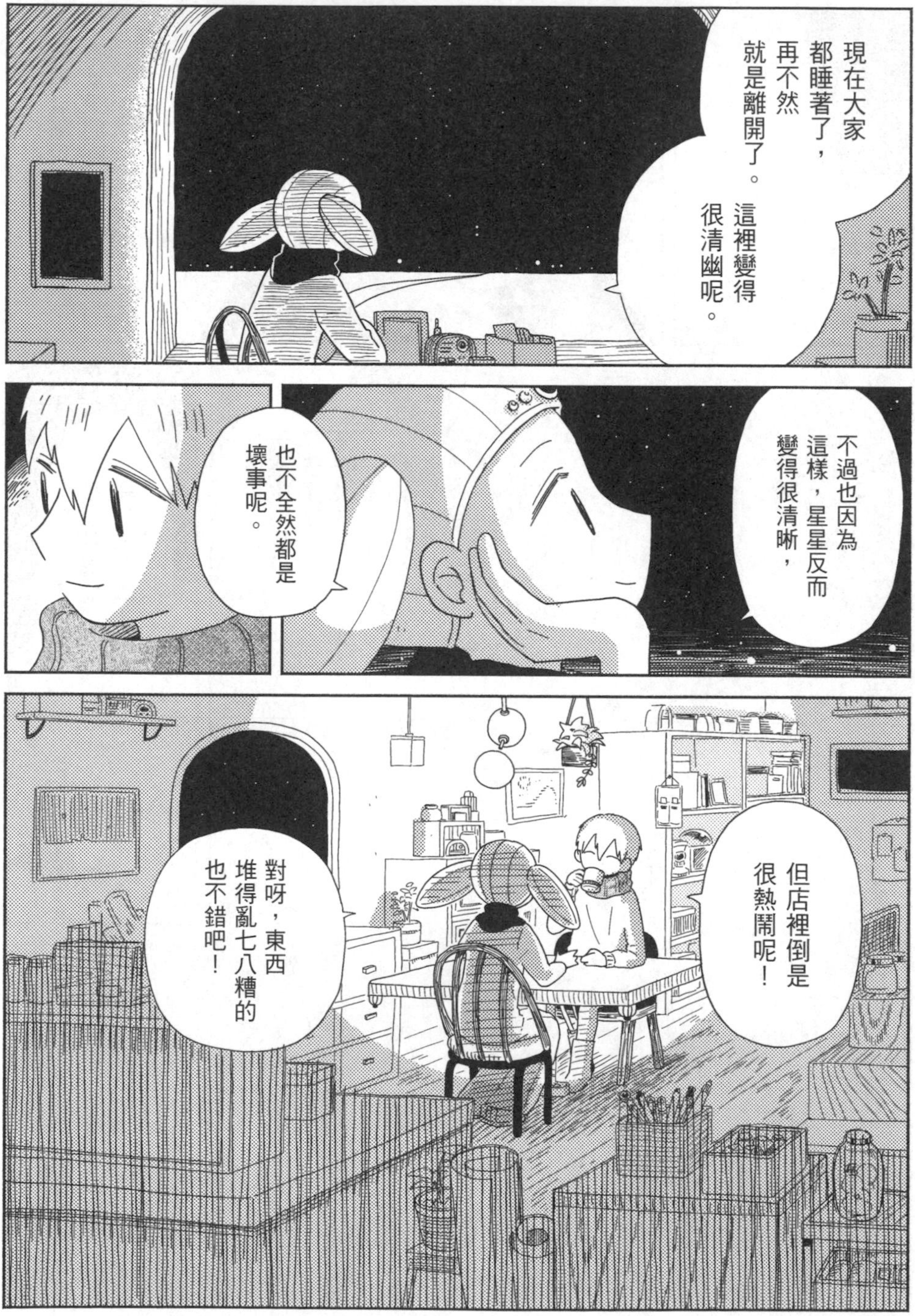
現在大家都睡著了，再不然就是離開了。
這裡變得很清幽呢。
不過也因為這樣，星星反而變得很清晰，
也不全然都是壞事呢。
但店裡倒是很熱鬧呢！
對呀，東西堆得亂七八糟的也不錯吧！

啊！
應該差不多了，剛剛你寫的那張紙。
唰唰
哦，好了！
嗯～
看起來好像沒什麼差別呀？
那是外表看起來。
你把紙拿起來看看。
然後，再稍微搖晃一下。

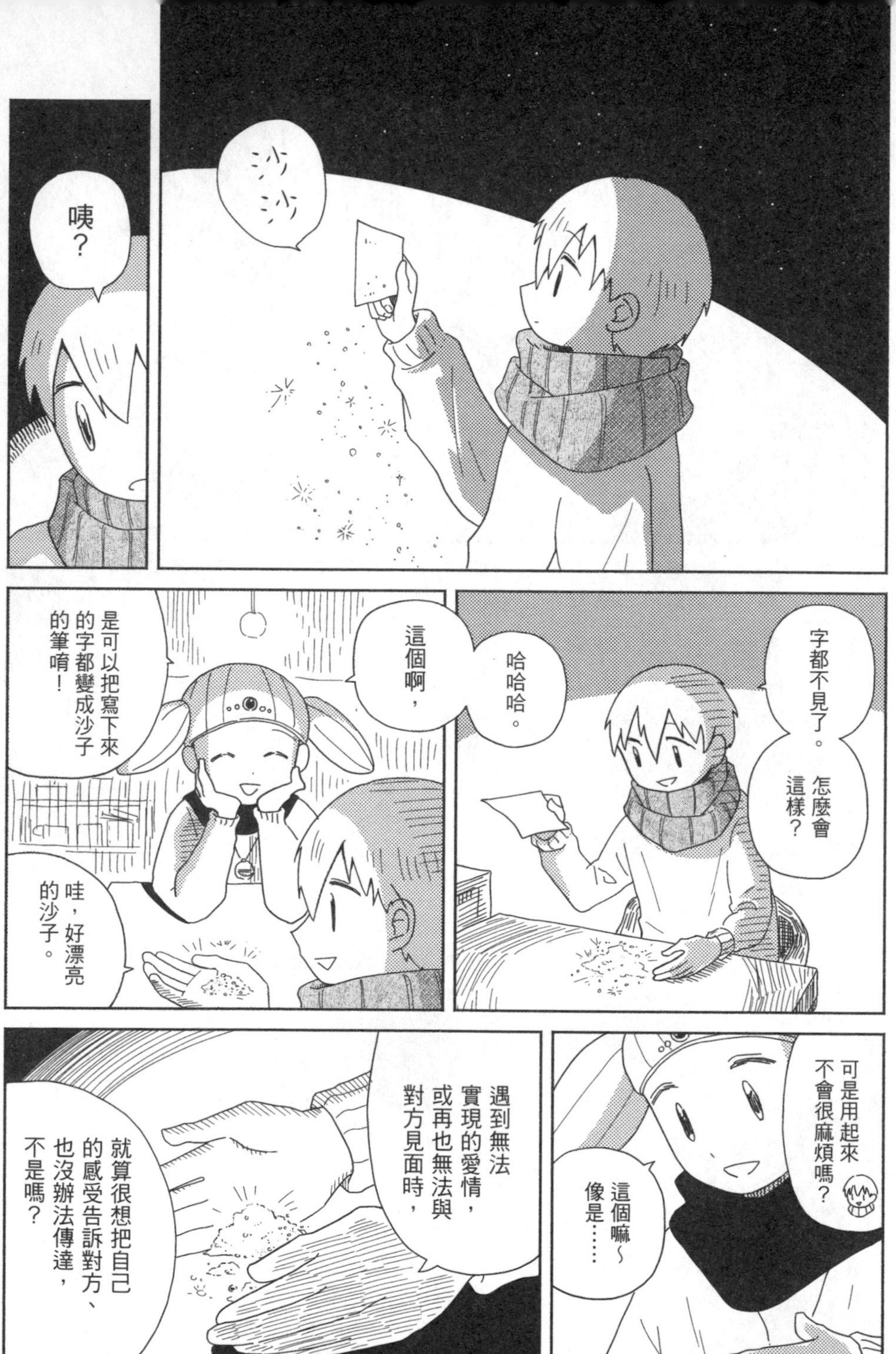

沙沙
咦？
字都不見了。怎麼會這樣？
哈哈哈。
這個啊，
是可以把寫下來的字都變成沙子的筆唷！
哇，好漂亮的沙子。
可是用起來不會很麻煩嗎？
這個嘛～像是……
遇到無法實現的愛情，或再也無法與對方見面時，
就算很想把自己的感受告訴對方、也沒辦法傳達，不是嗎？

這種時候，就可以用這支筆寫下打算給對方的信，
再讓文字變成沙子，
裝進漂亮的瓶子裡，放在房間當作裝飾喔！
哇～好浪漫喔！
雖然文字全都會消失，
但回憶都會化作沙子，完整保存下來。
算是一種真實存在過的證據吧！

還有也可以把內心怨言都寫出來，化成沙子後全部丟掉喔！
用途真廣呢～
哦！今天的星星很漂亮呢！
對了，聽說今天會有流星群喔！
如果要觀賞流星群，可以去「星海沙丘」喔！
因為那邊沙子比較少，空氣也比較乾淨。
喔～我待會有打算要過去。

啊，又有流星了。
請問，
這個項鍊裡裝著的是心願筆寫下的沙子嗎？
啊！
你居然注意到了～
嗯。
這是之前，
我沒能寄出的信。
是什麼樣的信呢？
嗯～
是我要收店的通知。
咦！

以前有一位經常會上門光顧的熟客，
但後來就突然不再造訪了。
我想，經營一家店應該也有所謂的時機，
我就寫了這封收店通知信要給那位熟客，
但猶豫了很久不知道該不該寄出。
後來，我終於下定決心要寄出，把信拿起來時，
啊
沙沙
才發現我寫信時不小心拿成心願筆了……
小哥也要注意一點唷～
好的。

不過，也多虧如此才讓我徹底轉換心情，
後來我把信改寫成：「本店即將舉辦全新改裝開幕特賣會，歡迎再度光臨！」才正式寄出。
……以前我從來沒想過那位熟客不會再來了，
所以我從沒對他說過：「歡迎再度光臨」。
該怎麼說呢……
這條項鍊算是提醒我不要忘記這件事的護身符。
不好意思，說了這些莫名其妙的事情。
沒關係的。

記錄下這些曾經確切發生過的事，就是我的工作。
因為無論是後悔、還是寂寞，全都是非常重要的回憶。
所以，這條項鍊也請賣給我吧！
這是非賣品！
開玩笑的啦。
我差不多該離開了。
嗯。
咚咚咚咚

啊，店長。
也請將特賣通知寄給我吧！
我會再過來的。
嗯。
歡迎再度光臨～

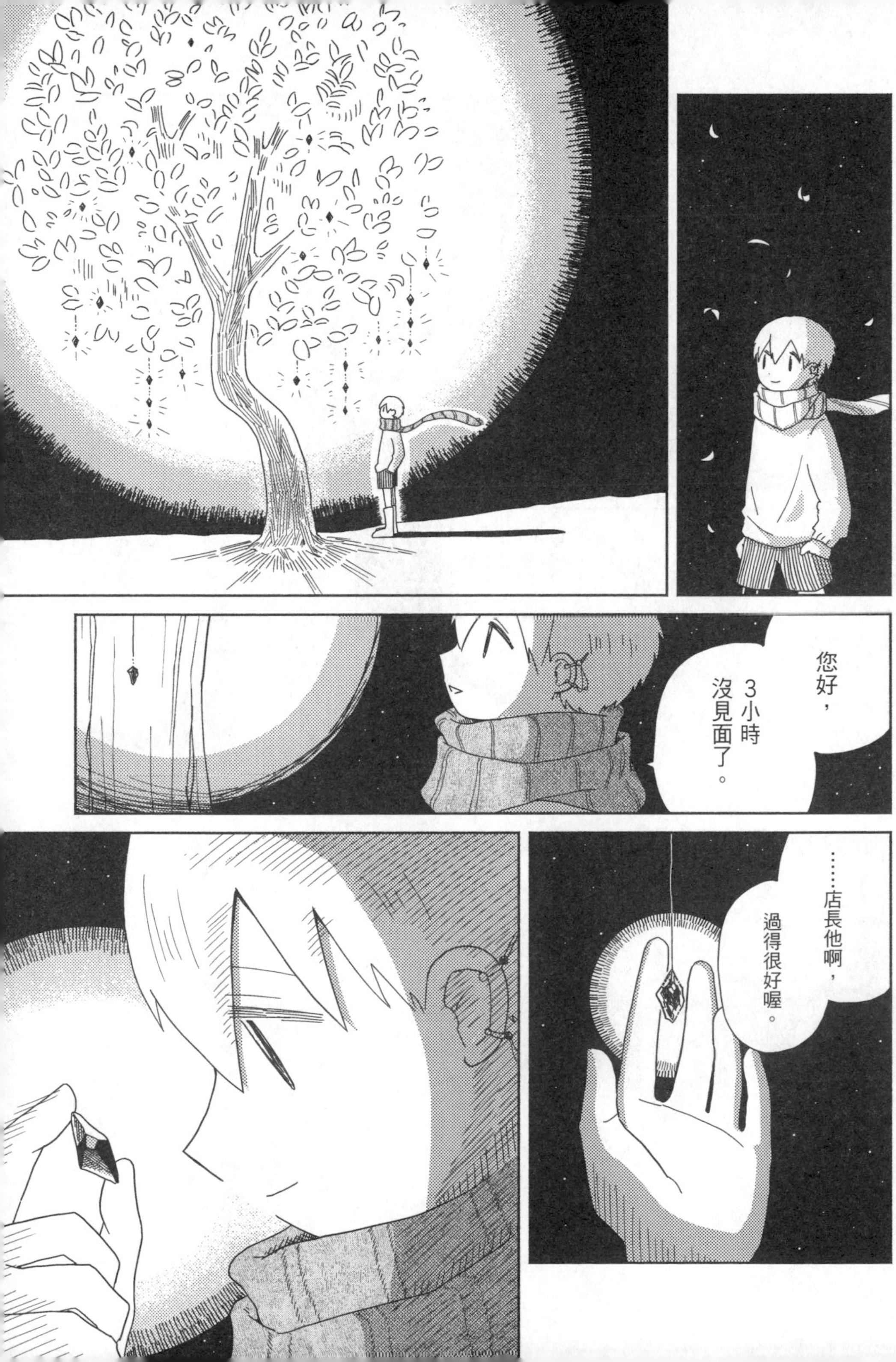
您好，3小時沒見面了。
……店長他啊，過得很好喔。

茲茲茲
收到，我這邊是登記證號303。
我是登記證號505，我還沒收到你抵達宵狩街的通知，那邊狀況還好嗎？
我還沒出發，我人在星海沙丘。
星海沙丘!?你剛剛不就是在星海沙丘了嗎？
你該不會一直在休息吧？
不是，我沒有一直休息，我剛剛去了一趟文具店。
……那你知道要怎麼去宵狩街了嗎？
我問了，但還是不清楚。
……登記證號303，
你應該知道今天不是休假，是要工作的吧？
是的，我知道。
感謝你的配合。
那請你準備好就趕緊上路吧！
還不行～我累了，還要再等一下……
真是的～累的人是我才對吧，笨蛋！
哦！說出真話了。
別囉嗦，快點上路啦！
抱歉、抱歉。

那就差不多該出發了。
可以請你提供導航嗎？
唉～……
收到。
我會幫你準備導航。
啊！
登記證號505，還有一件事，
吼～又怎麼啦？
謝謝你每次都包容我的任性。
……
你既然都知道就給我收斂一點啊！
遵命。
咻咻咻咻

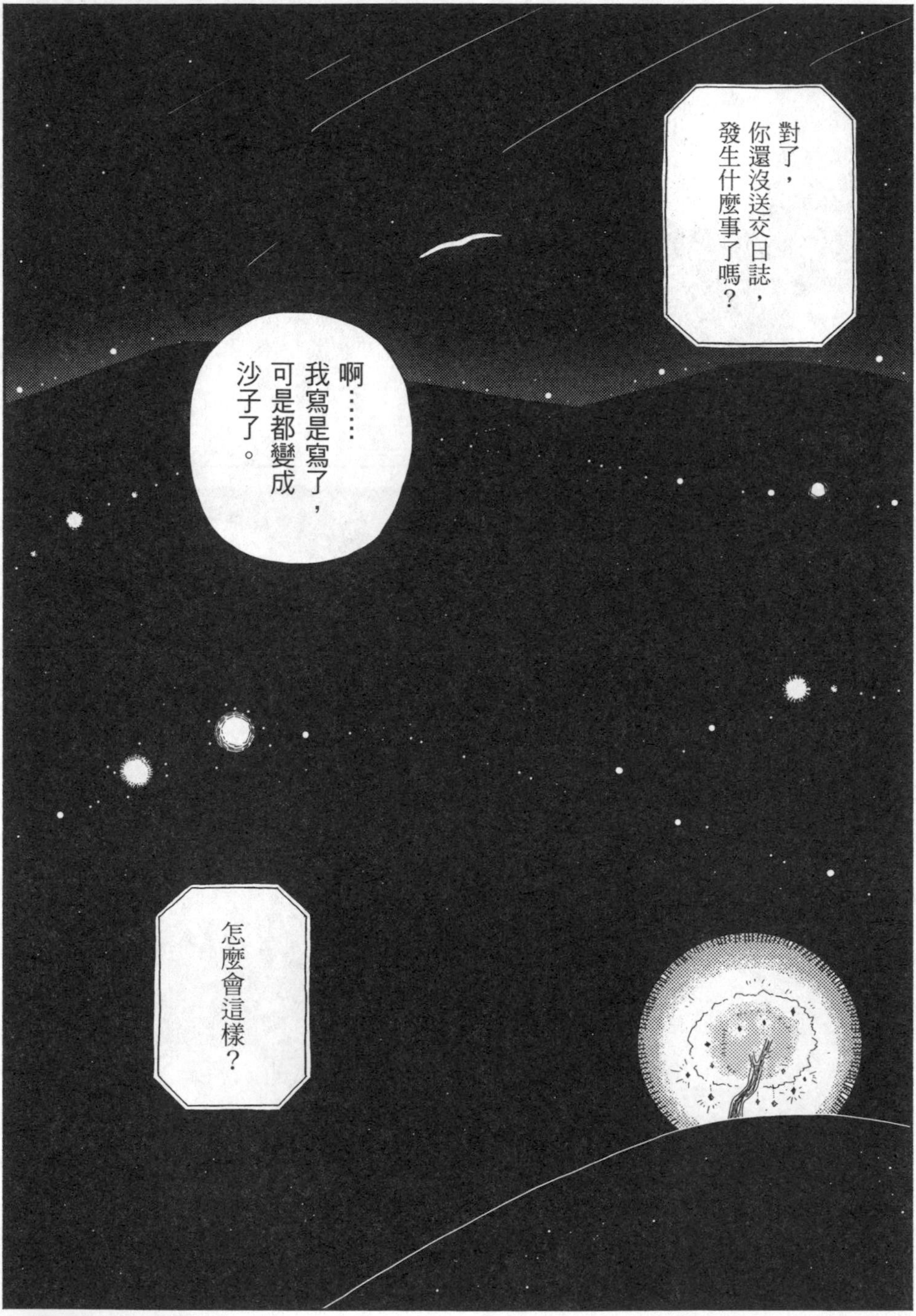
對了，你還沒送交日誌，發生什麼事了嗎？
啊……我寫是寫了，可是都變成沙子了。
怎麼會這樣？

episode.01 終

episode.02 雪格里絲菸

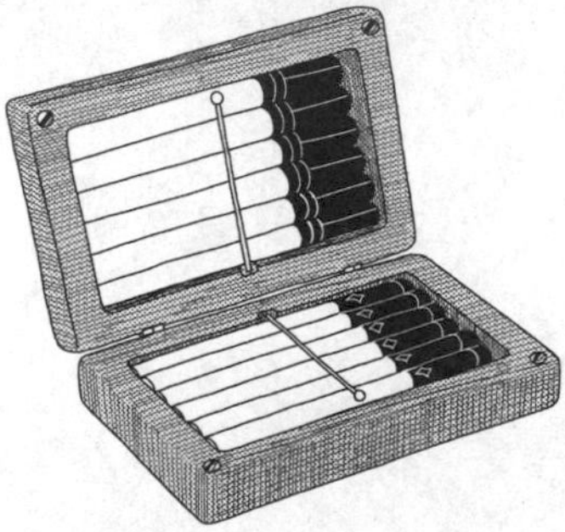

登記證號303聽到請回答。
這裡是PGT總部管制室，登記證號505。

你到底是要去哪裡啊？
這個嘛～
我剛剛吃了托比亞斯樹的［紅果實］，看了裡面的記憶。
這邊好像有自動販賣機。
你又抄捷徑了嗎！
我最喜歡走捷徑了。
……算了，你開心就好。
……對了，303，你不要隨便跟別人透漏［紅果實］的事喔。
嗯～？

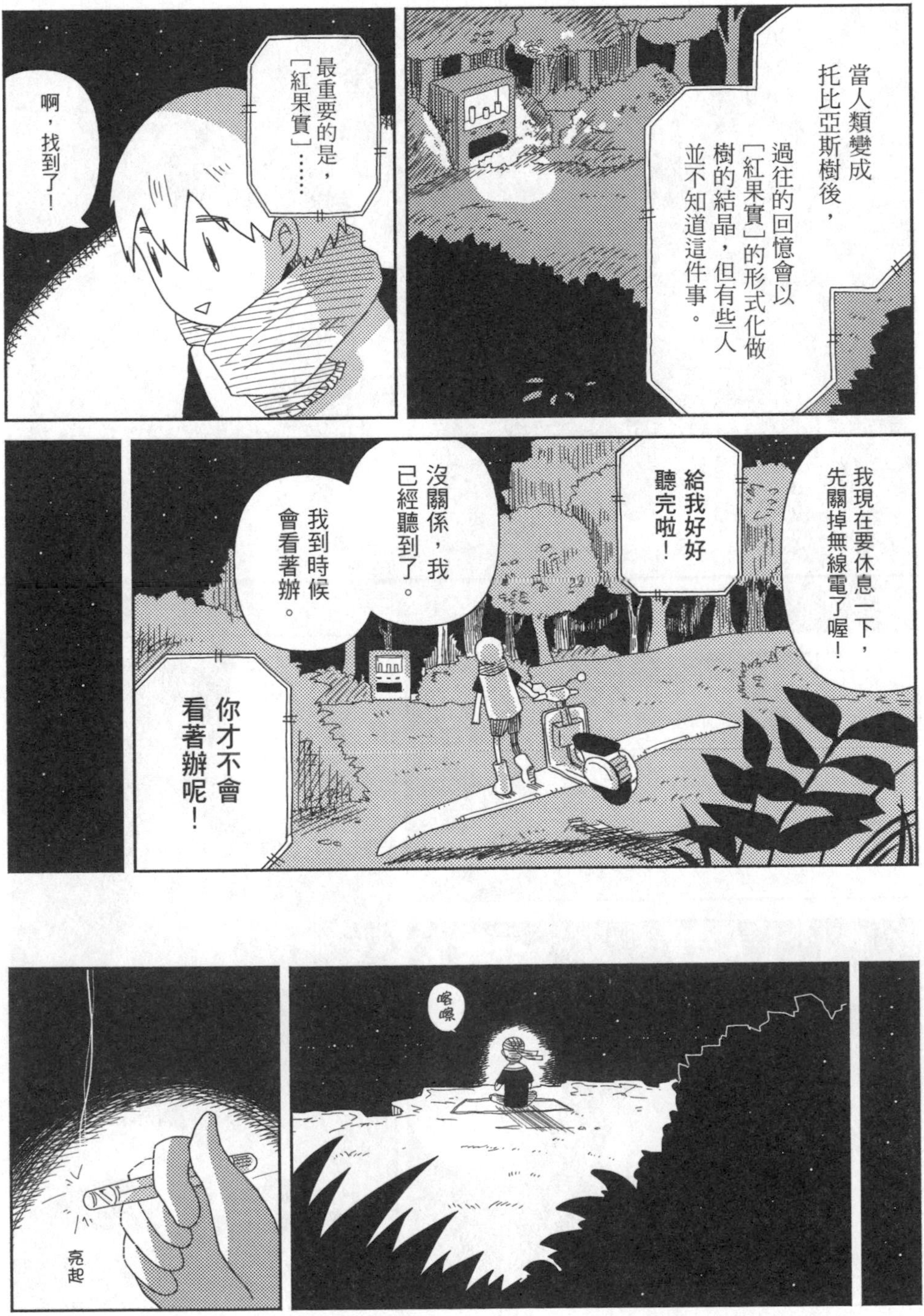
當人類變成托比亞斯樹後，
過往的回憶會以［紅果實］的形式化做樹的結晶，但有些人並不知道這件事。
最重要的是，［紅果實］……
啊，找到了！
我現在要休息一下，先關掉無線電了喔！
給我好好聽完啦！
沒關係，我已經聽到了。
我到時候會看著辦。
你才不會看著辦呢！
喀嚓
亮起

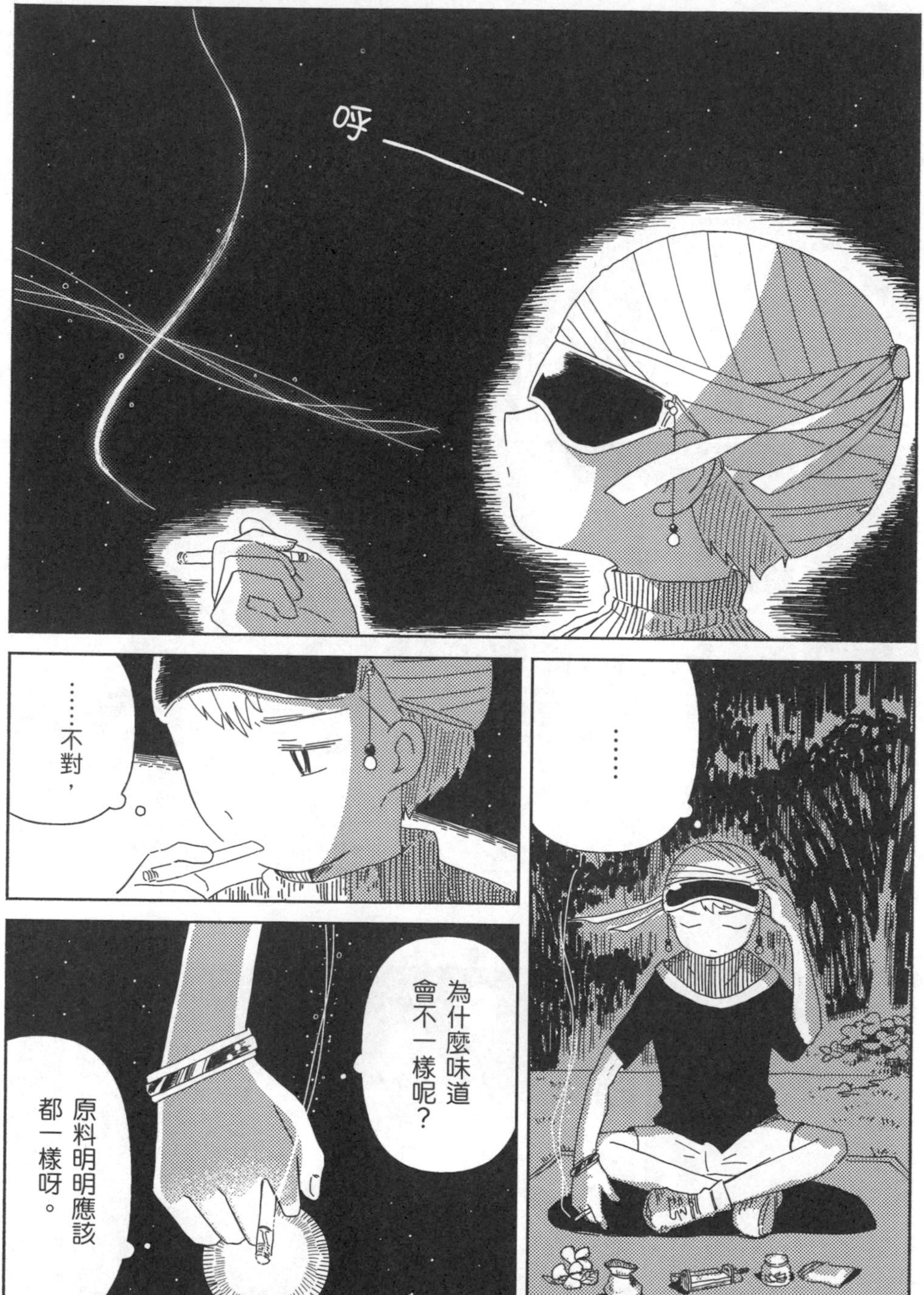
呼——……
……
……不對，
為什麼味道會不一樣呢？
原料明明應該都一樣呀。

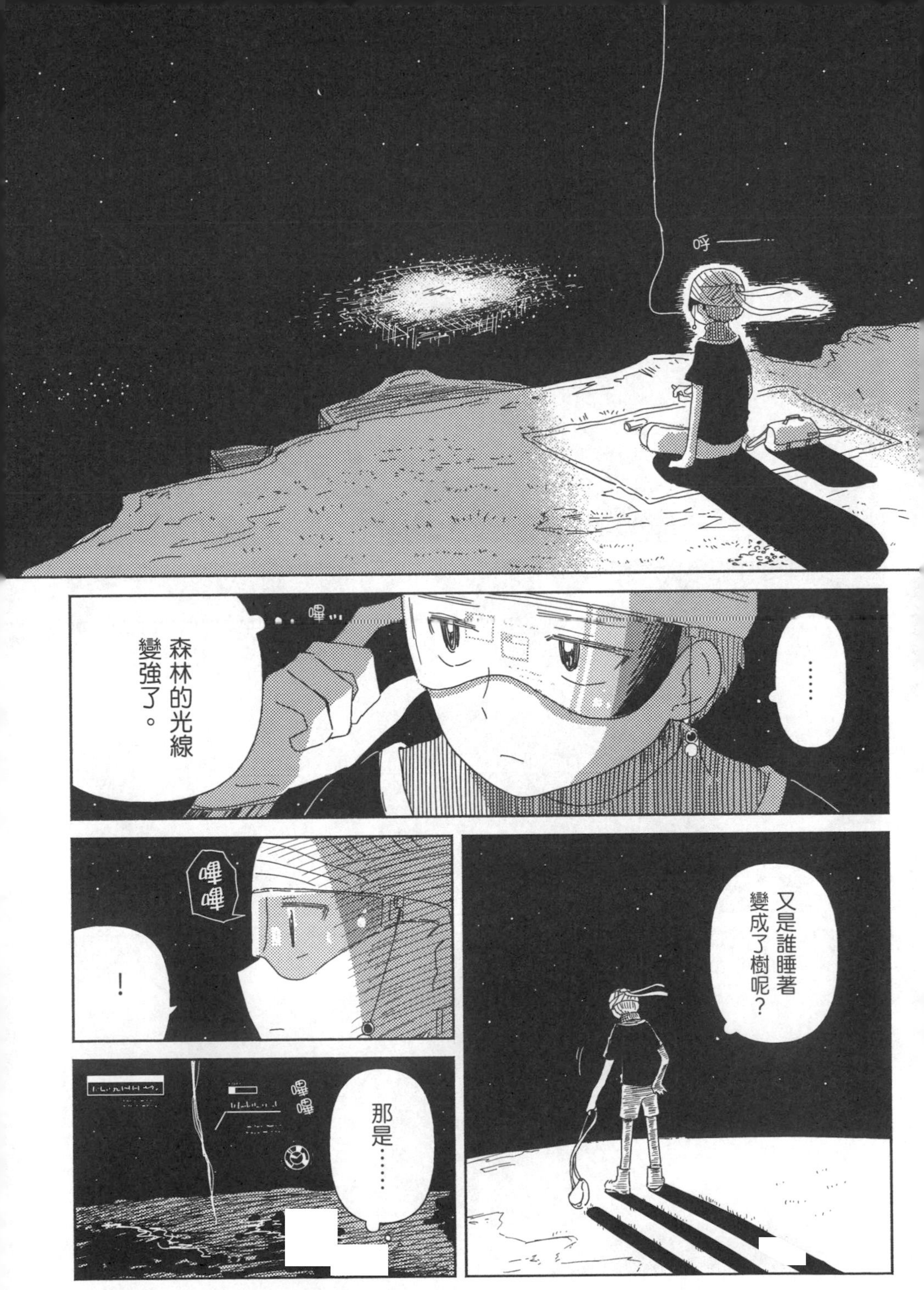
呼——…
……
嗶…
森林的光線變強了。
又是誰睡著變成了樹呢？
嗶嗶
！
嗶嗶
那是……

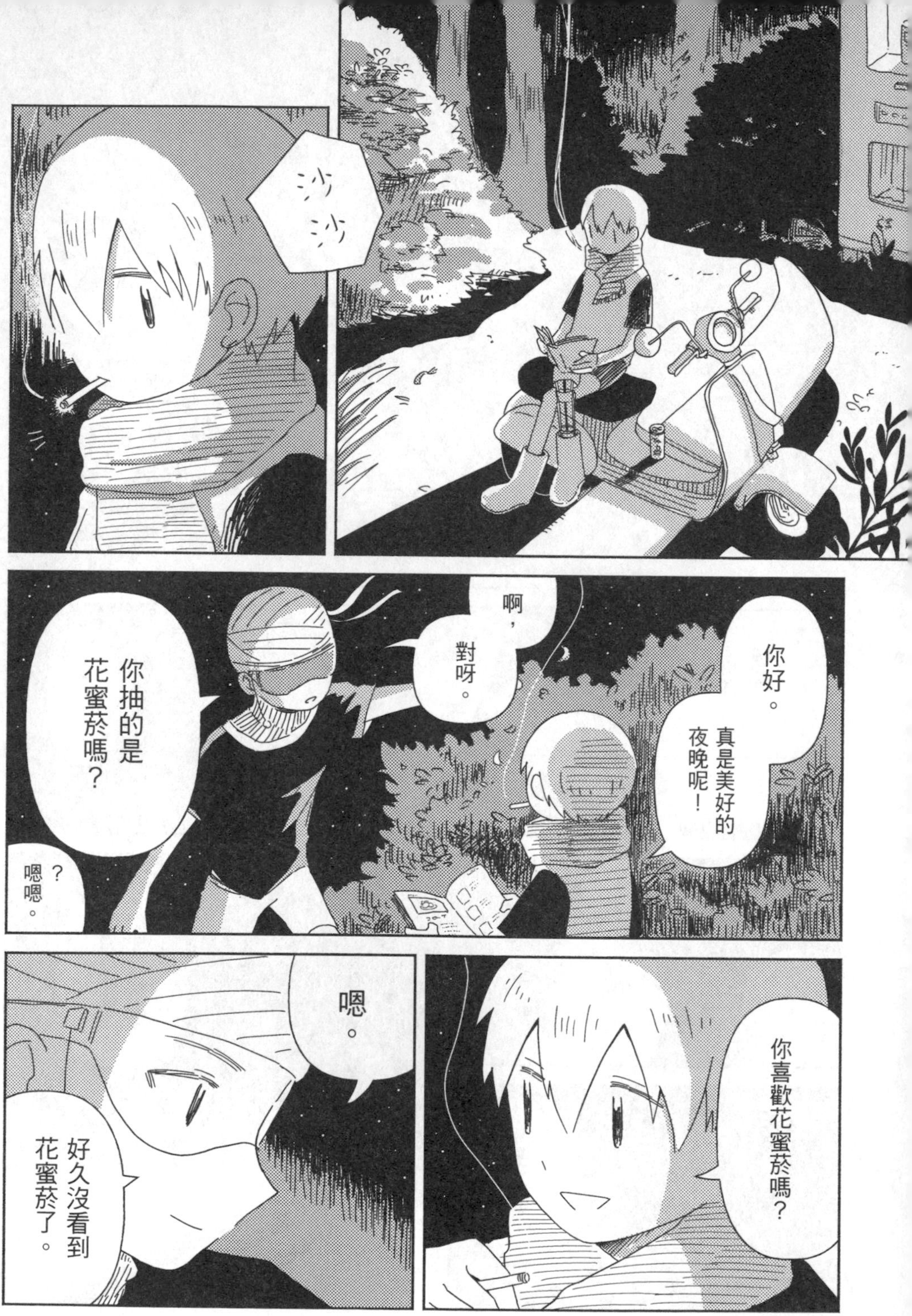
沙
沙
你好。真是美好的夜晚呢！
啊，對呀。
你抽的是花蜜菸嗎？
？嗯嗯。
你喜歡花蜜菸嗎？
嗯。
好久沒看到花蜜菸了。

你是外地人嗎？
這附近早就沒有在賣花蜜菸了。
啊，因為工廠越來越少了。
這其實不是煙，而是蒸氣，對吧！
真不錯～
嗯。
來一根吧！
真的可以嗎？這很貴吧！
反正這也是別人給我的。
喔～
謝謝你……
啪嚓

好甜喔!!
這不是在市面上流通的，而是我同事自己製作的。
因為太甜了，手邊還剩下很多。
難怪會分給我。
呵呵呵。
你同事自己做的…
難道你是菸商嗎？
不是啦，
我是星旅人。
我負責探訪假寐星球、記錄當地的文化，
收集並保存當地的珍貴事物。
哦～

啪嚓
我是販賣
雪格里絲菸的。
呼——
雖然這也是
香菸，
不過吐出來的
並不是煙。
而是一種名為
乳白光粒的
閃光粒子。

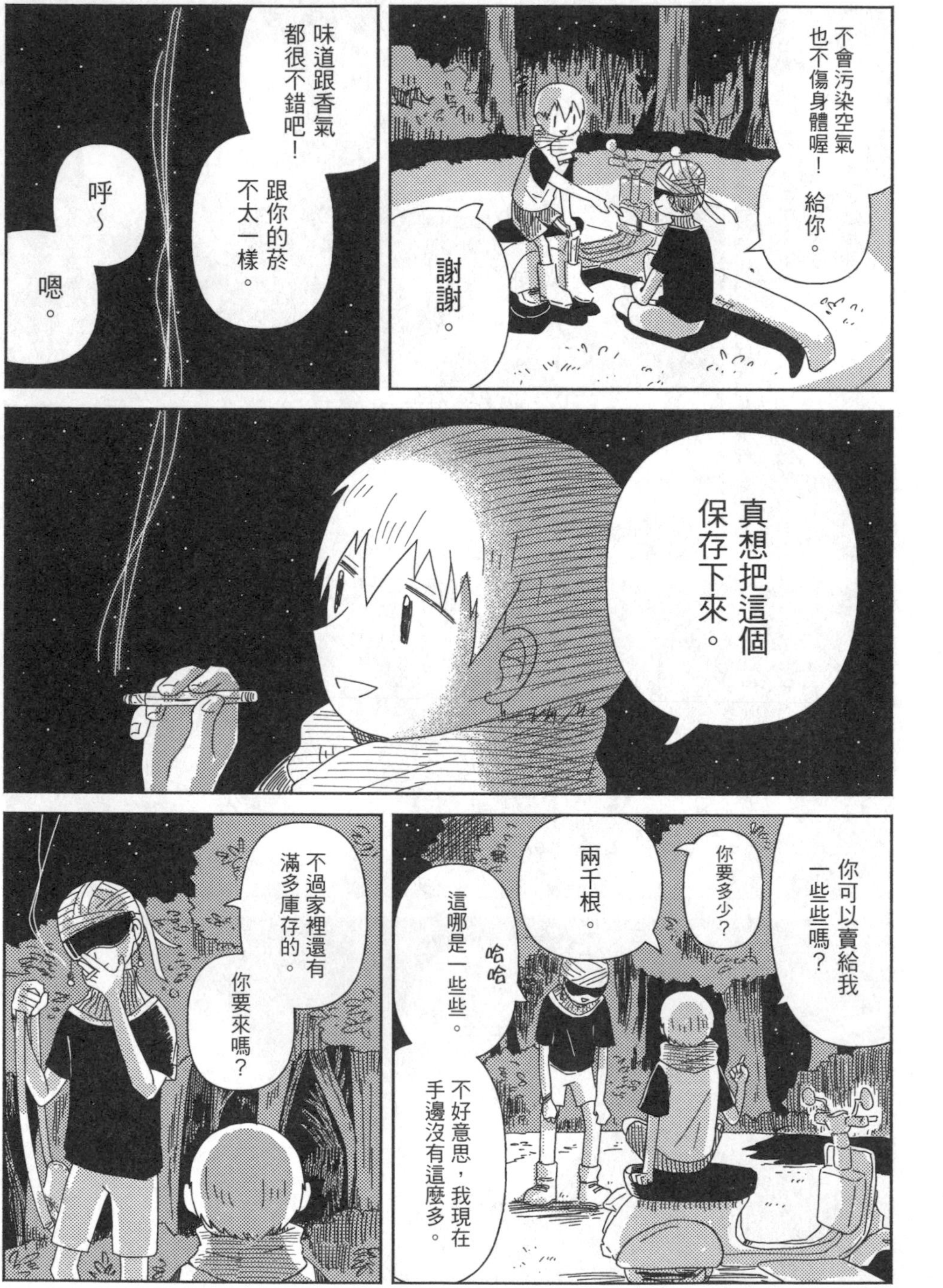
不會污染空氣
也不傷身體喔！給你。
謝謝。
味道跟香氣
都很不錯吧！
跟你的菸
不太一樣。
呼～
嗯。
真想把這個
保存下來。
你可以賣給我
一些些嗎？
你要多少？
兩千根。
哈哈
這哪是一些些。
不好意思，我現在
手邊沒有這麼多。
不過家裡還有
滿多庫存的。
你要來嗎？

這台浮游機車很讚欸～
不錯吧！
咚咚咚
啊。
咚咚咚
你在那邊降落吧！
好。
咦？
抱
哇——
為什麼是這樣跳下車!!
欸……好玩呀！
差點嚇死我！

打擾了。
哇～好壯觀喔！
櫃子裡全都是雪格里絲菸嗎？
對呀。
而且還有各種不同口味唷。
這是適合在早餐抽的，
這是適合在甜點抽的。
哇～
……不過。
這些幾乎都是我哥做的就是了。

對了！
這片葉子也可以放進滾輪裡。
哦！
最後再放進白霞花。
好漂亮的白色花瓣喔！
這可是香氣的關鍵呢！
把濾紙跟乳白帕拉一起放進去。
轉啊轉啊……
做好了……
……
才第一次就做得這麼好!!
嗯。
以我的程度來說真的做得不錯耶！

怎麼樣？飯後來根這個不錯吧！
真的很棒～
謝謝你還幫我準備床鋪。
不客氣。反正床空著也是空著。
話說回來，你本來打算睡在哪裡呀？
就直接睡在剛剛那個地方呀。
啥！那邊不行啦！
那邊太靠近托比亞斯森林了。

……而且，
外地人也許不知道，
只要一靠近托比亞斯樹，就會陷入再也不會醒來的睡眠，
到最後整個人也會變成托比亞斯樹唷！
因為托比亞斯樹會散發出一種叫作P-TOT的毒素，一旦在人體裡累積……
啊！
那種毒對我來說，
起不了作用。
你說什麼？
這是……
我之前檢查P-TOT體內殘留量的檢查報告。
咦？

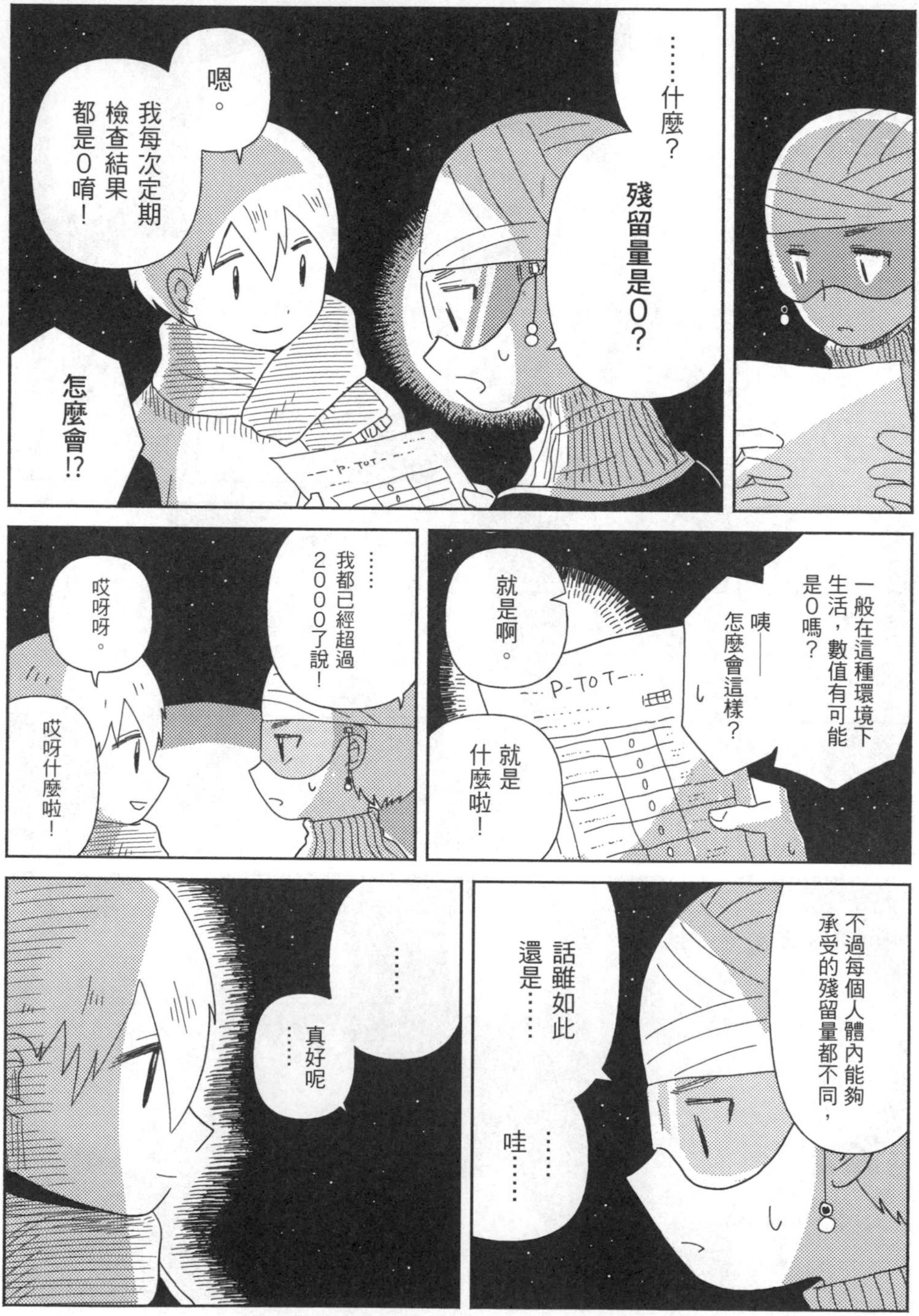
……什麼？
殘留量是0？
嗯。
我每次定期檢查結果都是0唷！
怎麼會!?
一般在這種環境下生活，數值有可能是0嗎？
咦——怎麼會這樣？
就是啊。
就是什麼啦！
……我都已經超過2000了說！
哎呀呀。
哎呀什麼啦！
不過每個人體內能夠承受的殘留量都不同，
話雖如此還是……
……
哇……
……
……真好呢

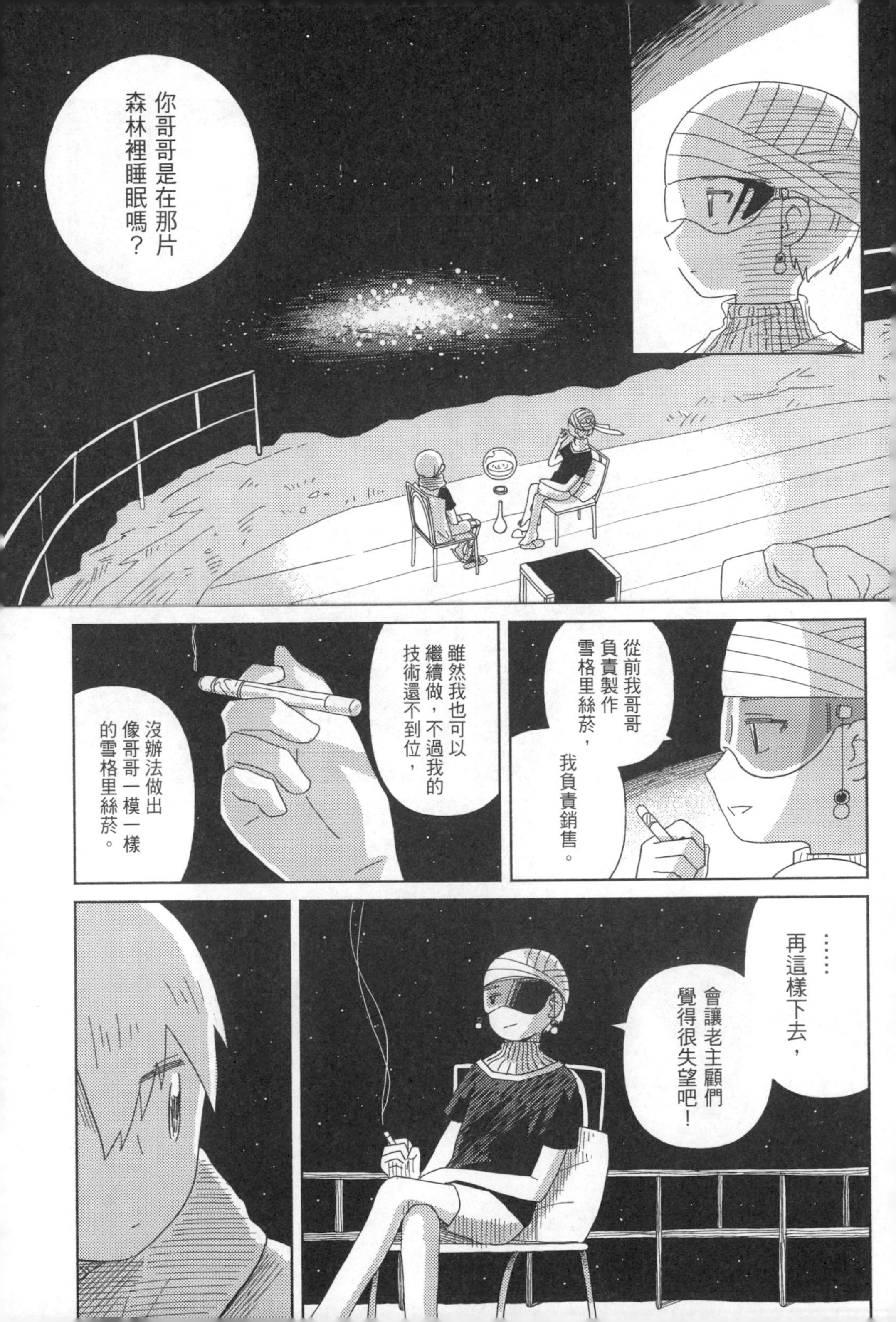
你哥哥是在那片森林裡睡眠嗎？
從前我哥哥負責製作雪格里絲菸，
我負責銷售。
雖然我也可以繼續做，不過我的技術還不到位，
沒辦法做出像哥哥一模一樣的雪格里絲菸。
……
再這樣下去，
會讓老主顧們覺得很失望吧！

你想要接下你哥哥的工作嗎？
……嗯……
嗯，也不是這麼說啦。
我只想要讓我哥哥做的雪格里絲菸一直保留下去而已。
我跟大家都很喜歡我哥哥做的雪格里絲菸。
但如果你可以幫忙保存的話，我就輕鬆多了。
好的。
無論是資料或物品，我都會小心保存的！

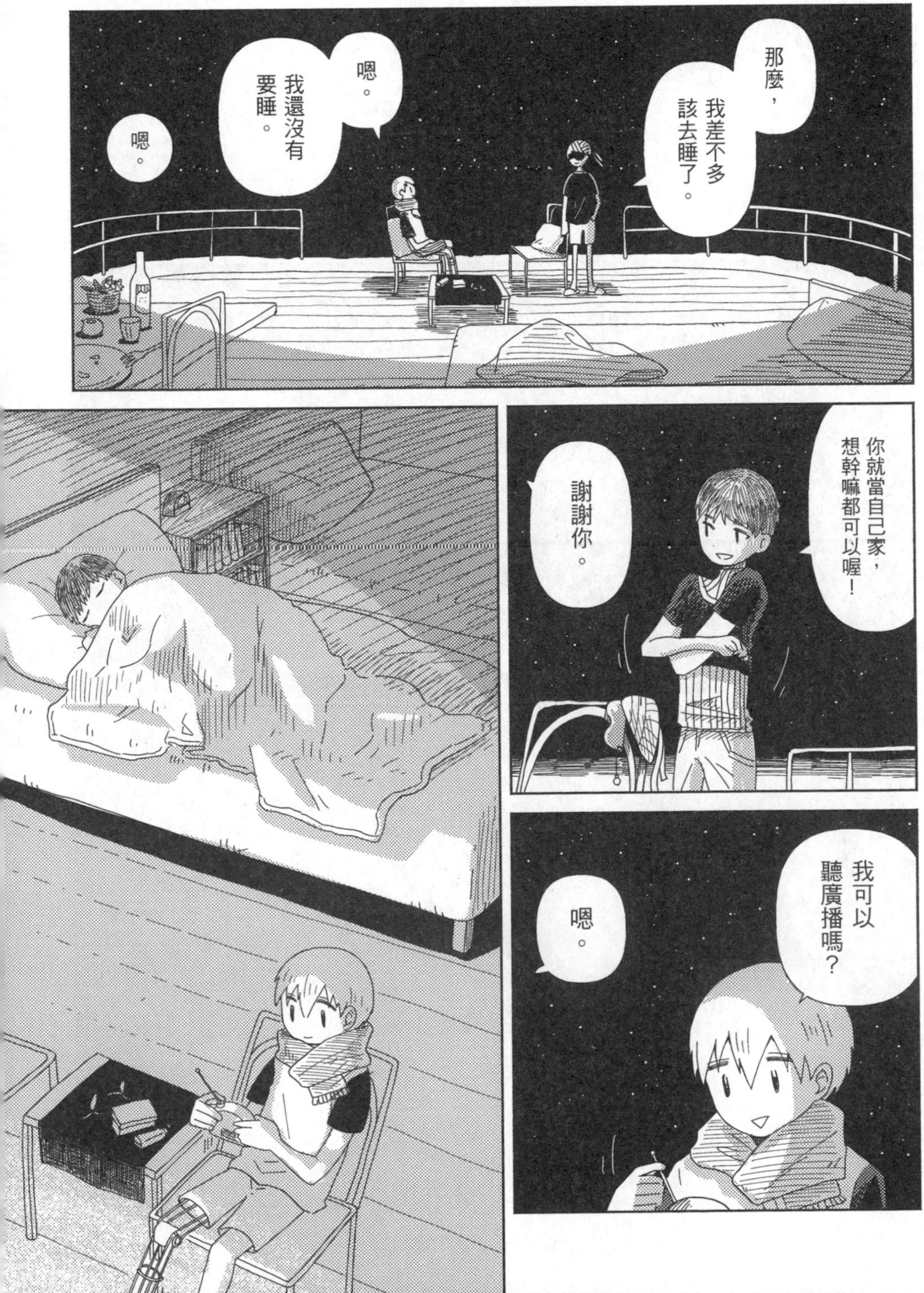
那麼，我差不多該去睡了。
嗯。我還沒有要睡。
嗯。
你就當自己家，想幹嘛都可以喔！
謝謝你。
我可以聽廣播嗎？
嗯。

……大家好！
這裡是BLUE PLANET
廣播電台。
現在為大家播出的是
「我最喜歡的晚餐」單元。

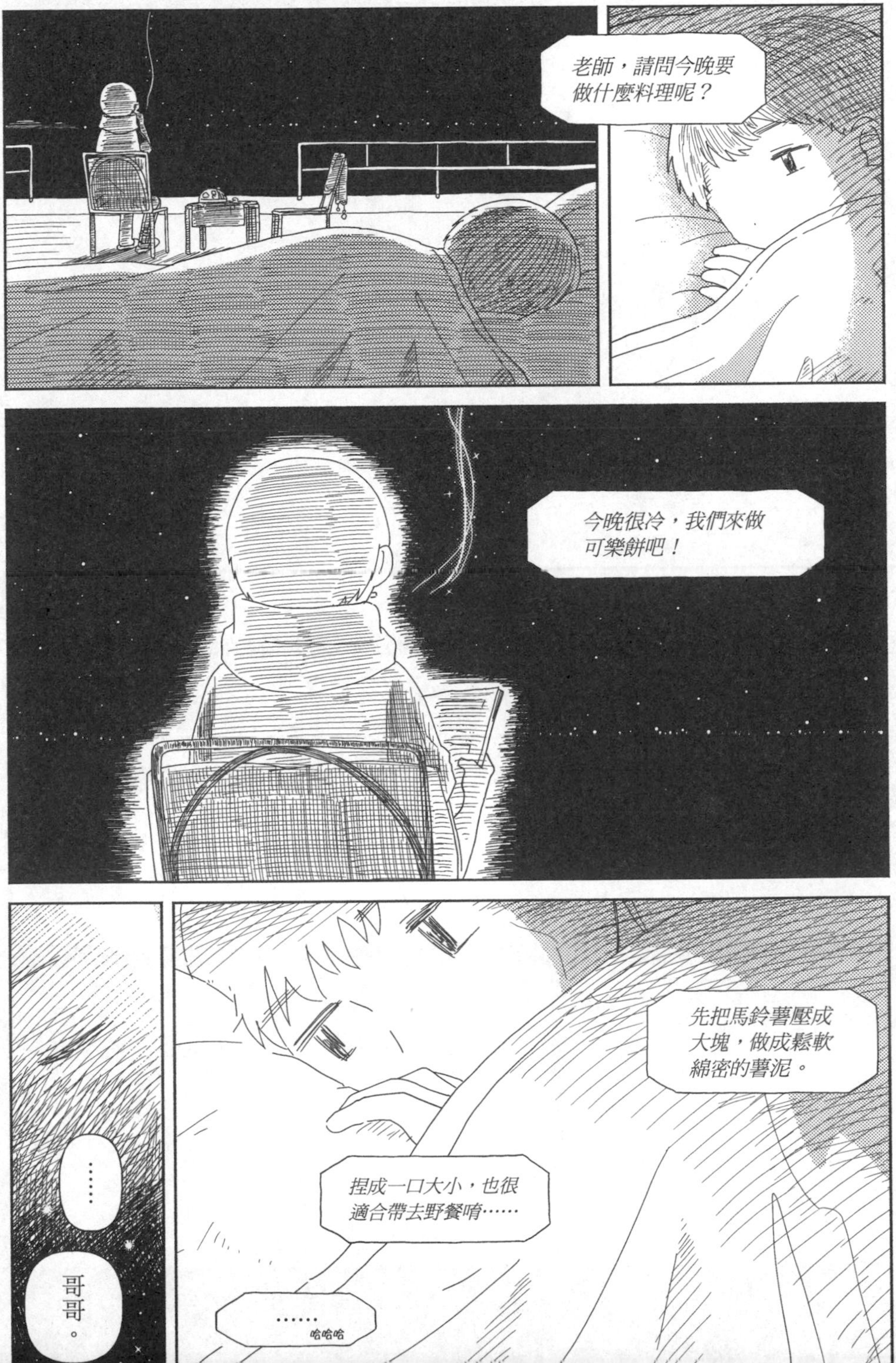
老師，請問今晚要做什麼料理呢？
今晚很冷，我們來做可樂餅吧！
先把馬鈴薯壓成大塊，做成鬆軟綿密的薯泥。
捏成一口大小，也很適合帶去野餐喲……
……
哈哈哈
……
哥哥。

哥——
今天賣出了很多雪格里絲菸，真是太好了。
嗯。

哥也教我怎麼做雪格里絲菸嘛～
我才不會教你呢～
咦～為什麼都不教我！
因為我很笨嗎？
快點睡覺啦！
我要抽到等你睡著。
哥哥還不睡嗎？
嗯。
……
嗯。

……
好久沒有這種感覺了。
身邊還有人，醒著的感覺。

喀嚓
咚咚咚

呼——
……
不知為何，睡得好熟喔……
早安！
哇！嚇我一跳！
昨晚睡得好嗎？
是我要問你才對吧！
呵呵呵。

我差不多該走了。
這麼快？
你可以再多待一會兒呀。
因為我還有很多地方要去。
不然你吃個早餐再走吧？
那就麻
咕嚕～
時間剛剛好呢～
先喝碗湯暖暖胃吧！
啊！
賣雪格里絲菸的年輕人，
嗯？
這個給你，當作讓我過夜的回禮。

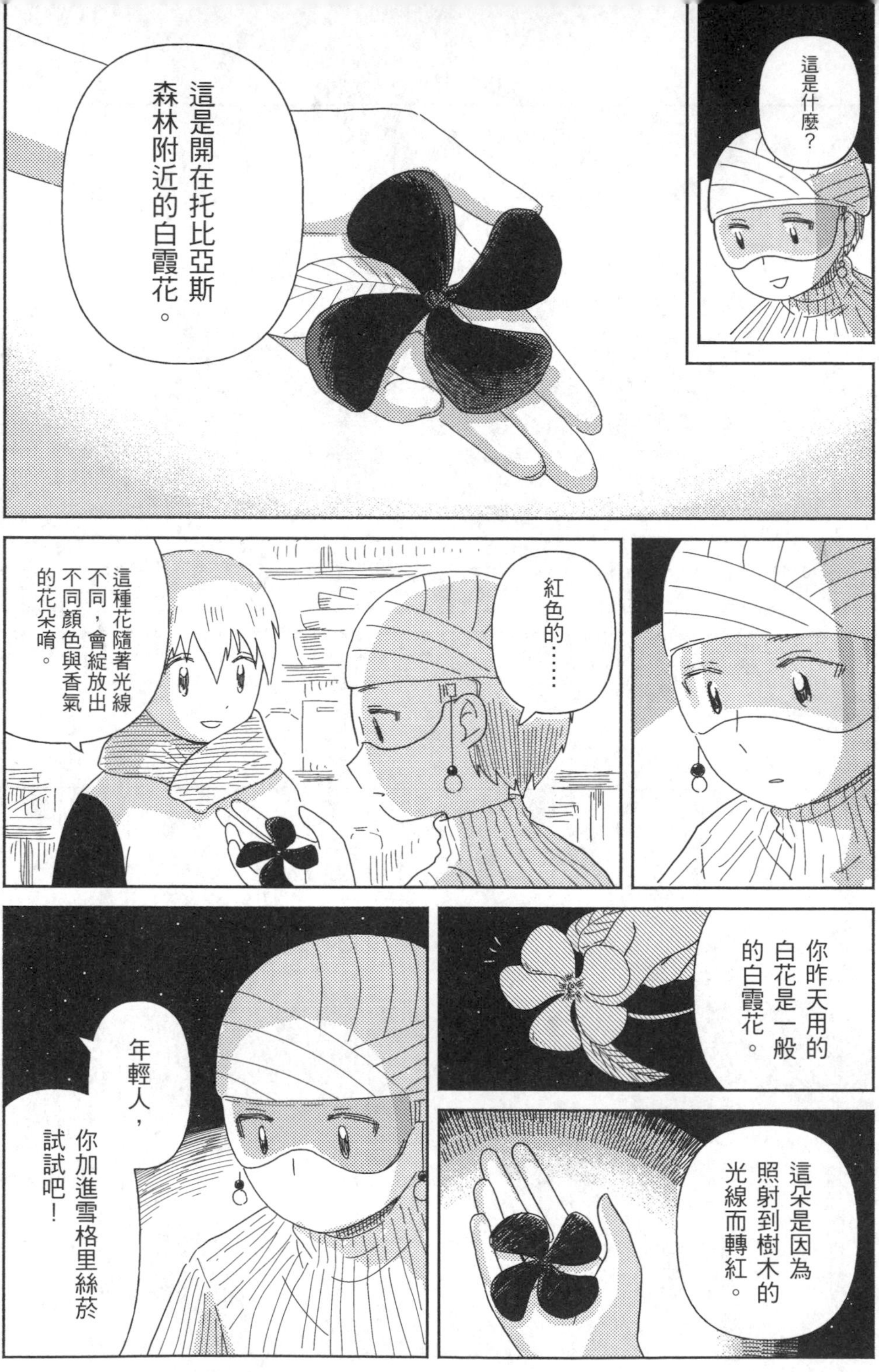
這是什麼？
這是開在托比亞斯森林附近的白霞花。
紅色的……
這種花隨著光線不同，會綻放出不同顏色與香氣的花朵唷。
你昨天用的白花是一般的白霞花。
這朵是因為照射到樹木的光線而轉紅。
年輕人，你加進雪格里絲菸試試吧！

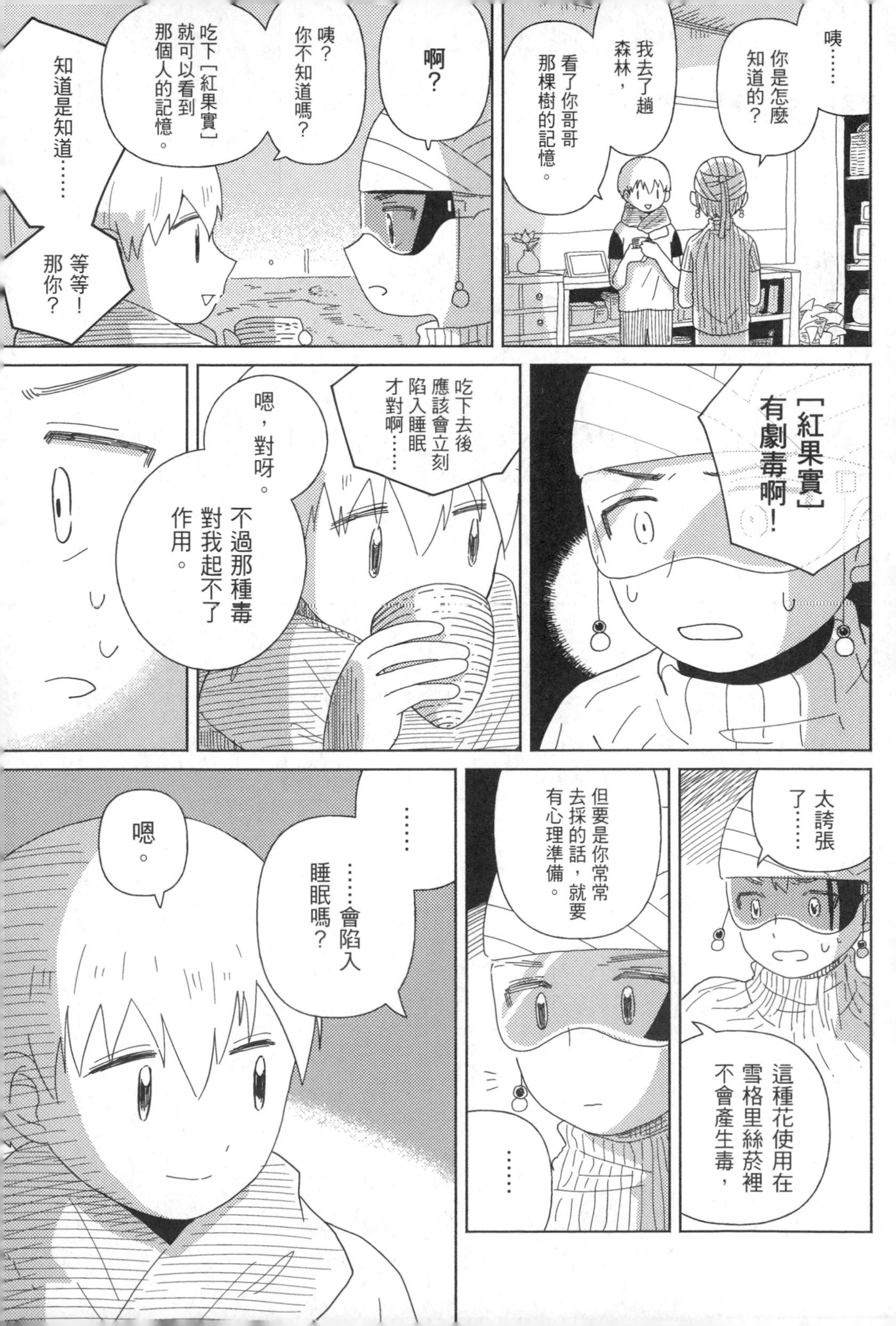
咦……
你是怎麼知道的？
我去了趟森林，看了你哥哥那棵樹的記憶。
啊？
咦？你不知道嗎？
吃下［紅果實］就可以看到那個人的記憶。
知道是知道……
等等！那你？
［紅果實］有劇毒啊！
吃下去後應該會立刻陷入睡眠才對啊……
嗯，對呀。
不過那種毒對我起不了作用。
太誇張了……
這種花使用在雪格里絲菸裡不會產生毒，
但要是你常常去採的話，就要有心理準備。
……
……
……會陷入睡眠嗎？
嗯。

……
……你有跟我哥哥說到話嗎？
沒有。
你哥哥的魂體沒有在那棵樹上，
樹上只是保留了你哥哥睡著前的記憶而已。
所以，
那些只不過是樹，並不是人喔！
……
不過若換作是我，
看到了應該還是會忍不住跟樹說話吧。

我才不會教你呢～
…那早餐，
你可以稍等我一下嗎？
嗯。
咕嚕－

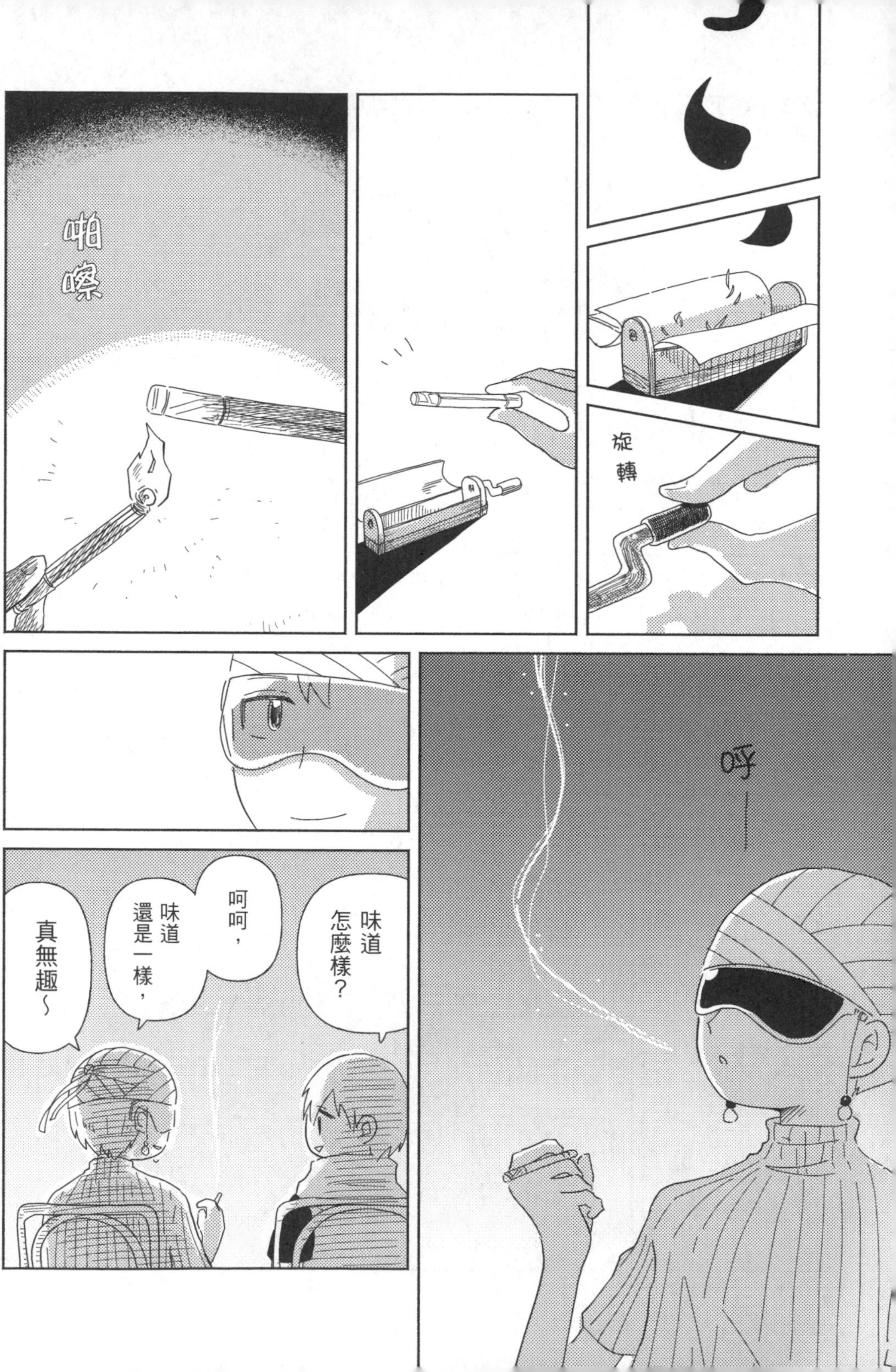

旋轉
啪嚓
呼——
味道怎麼樣？
呵呵，味道還是一樣，
真無趣～

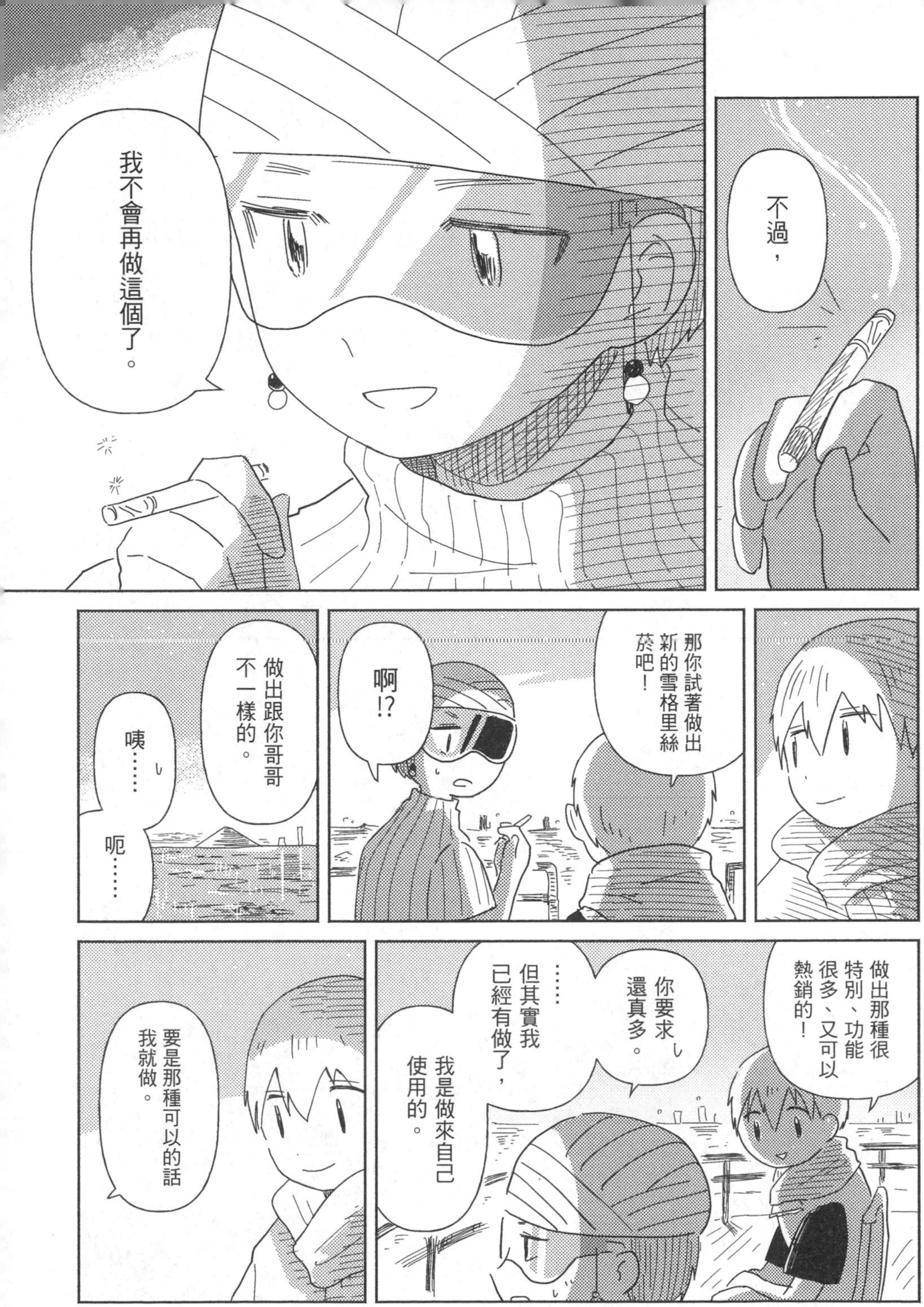
不過，
我不會再做這個了。
那你試著做出新的雪格里絲菸吧！
啊!?
做出跟你哥哥不一樣的。
咦……呃……
做出那種很特別、功能很多、又可以熱銷的！
你要求還真多。
……但其實我已經有做了，
我是做來自己使用的。
要是那種可以的話我就做。

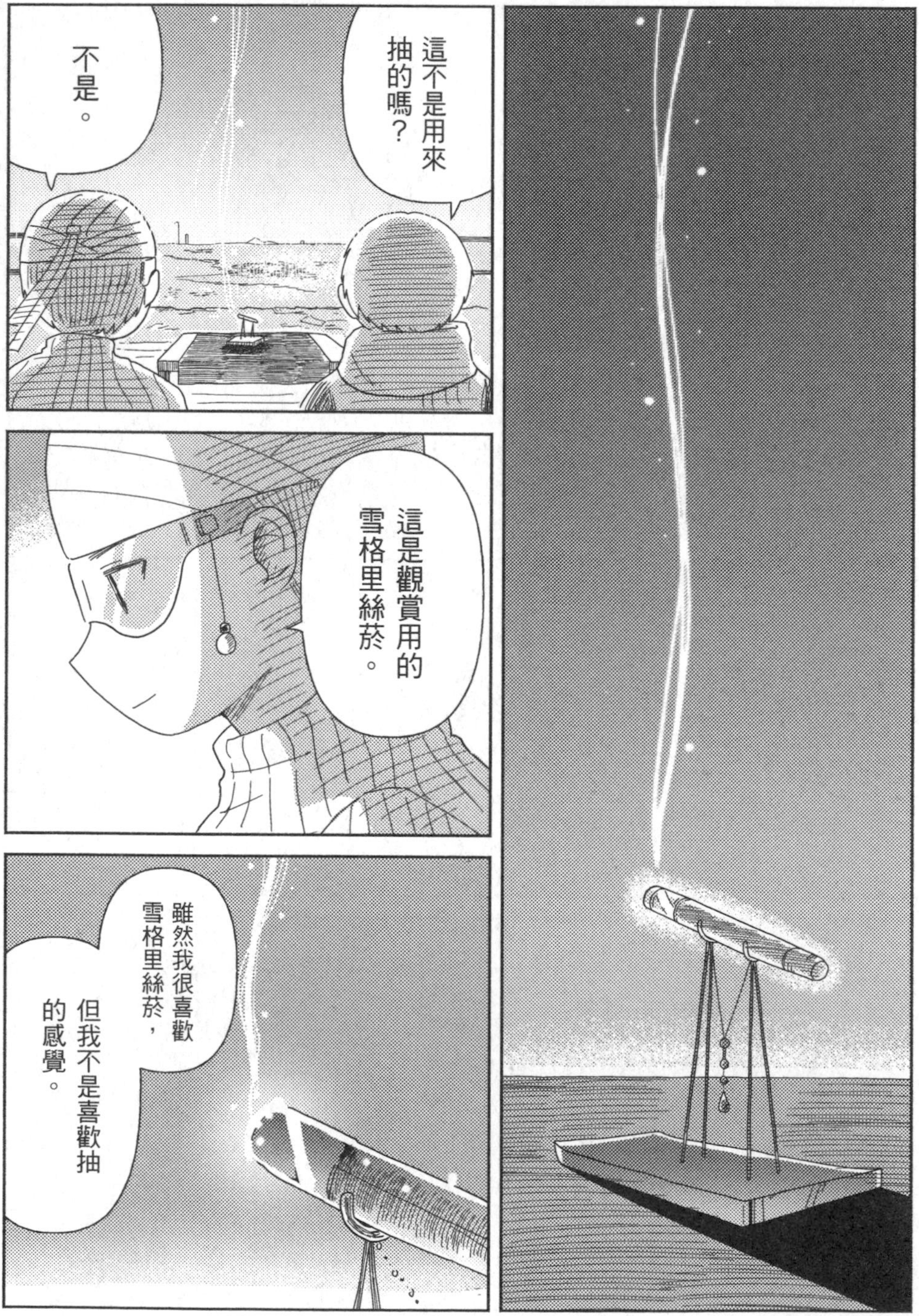
這不是用來抽的嗎？
不是。
這是觀賞用的雪格里絲菸。
雖然我很喜歡雪格里絲菸，
但我不是喜歡抽的感覺。

我更喜歡看著它。
我喜歡一直靜靜看著。
乳白光粒緩緩升上空中。

那我也把這個保存下來吧！
請賣給我五千根。
哈哈 你還真會破壞氣氛～
咕嚕——
好，我要來做早餐了，
你肚子一直在叫呢！
謝謝。
你有想吃什麼嗎？
我想吃可樂餅。
就知道你會點這個。

episode.02 終

episode.03　夜空圖書館

叩——叩…
叩——叩…

叩——叩…

叩——叩……
……
……師。
老師。
啊！老師！
PGT文化保存局的人，好像快要到了。

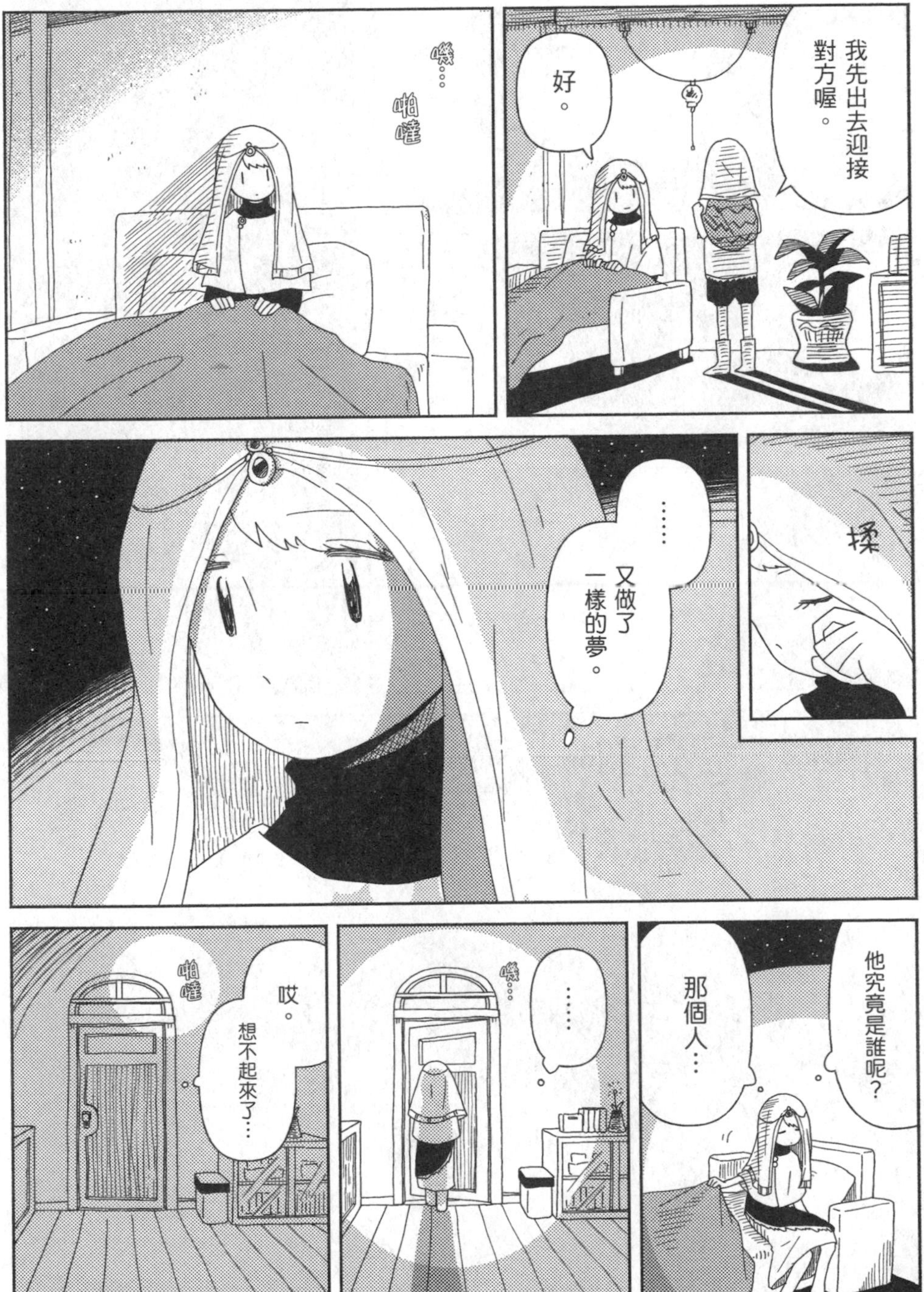
我先出去迎接對方喔。
好。
嘰…
啪噠
揉
……又做了一樣的夢。
他究竟是誰呢？
那個人…
嘰…
……
啪噠
哎。
想不起來了…

聽到請回答。
我是文化保存局登記證號303。
我就快依原定計畫抵達「夜空圖書館」了。
收到。
你竟然會依原定計畫抵達，太令人意外了。
呵呵呵。
等你蒐集完文化保存設施登記所需的資料後，任務D21-B就結束了。
上傳報告後，再麻煩你帶著「新進社員」返回PGT。
收到。
那就祝你有個美好的夜晚，登記證號303。
祝你有個美好的夜晚，登記證號505。

啊！您好！
請問您是PGT文化保存局的人嗎？
是的。我是特殊派遣員，登記證號303。
歡迎來到夜空圖書館！今晚請儘管隨意參觀。
謝謝。請多多指教。
啊！還有，其實我明天就要開始在PGT上班了……
是的，我有聽說。
等我結束調查後，就來準備移居吧！
好的！

啊！老師。
您好。
我是夜空圖書館的館長。
歡迎您從別的星球，
遠道而來……
？謝謝妳的飲料。
……
？老師，怎麼了嗎？

老師？
啊！沒事。
老師，您累了嗎？
今晚就請早點休息吧！
由我來帶他參觀圖書館就好，我會好好導覽的！
啊……好呀。那就拜託妳了，謝謝。
今晚是圖書館休館日，不會有外人來訪的。
請您慢慢參觀。
謝謝。

請往這邊走！
好的。
那個人……究竟是在哪……
叩——叩……
叩——叩……
嘩
這次真的，
非常感謝你們願意將「夜空圖書館」，
登記為「假寐星球文化保存設施」。

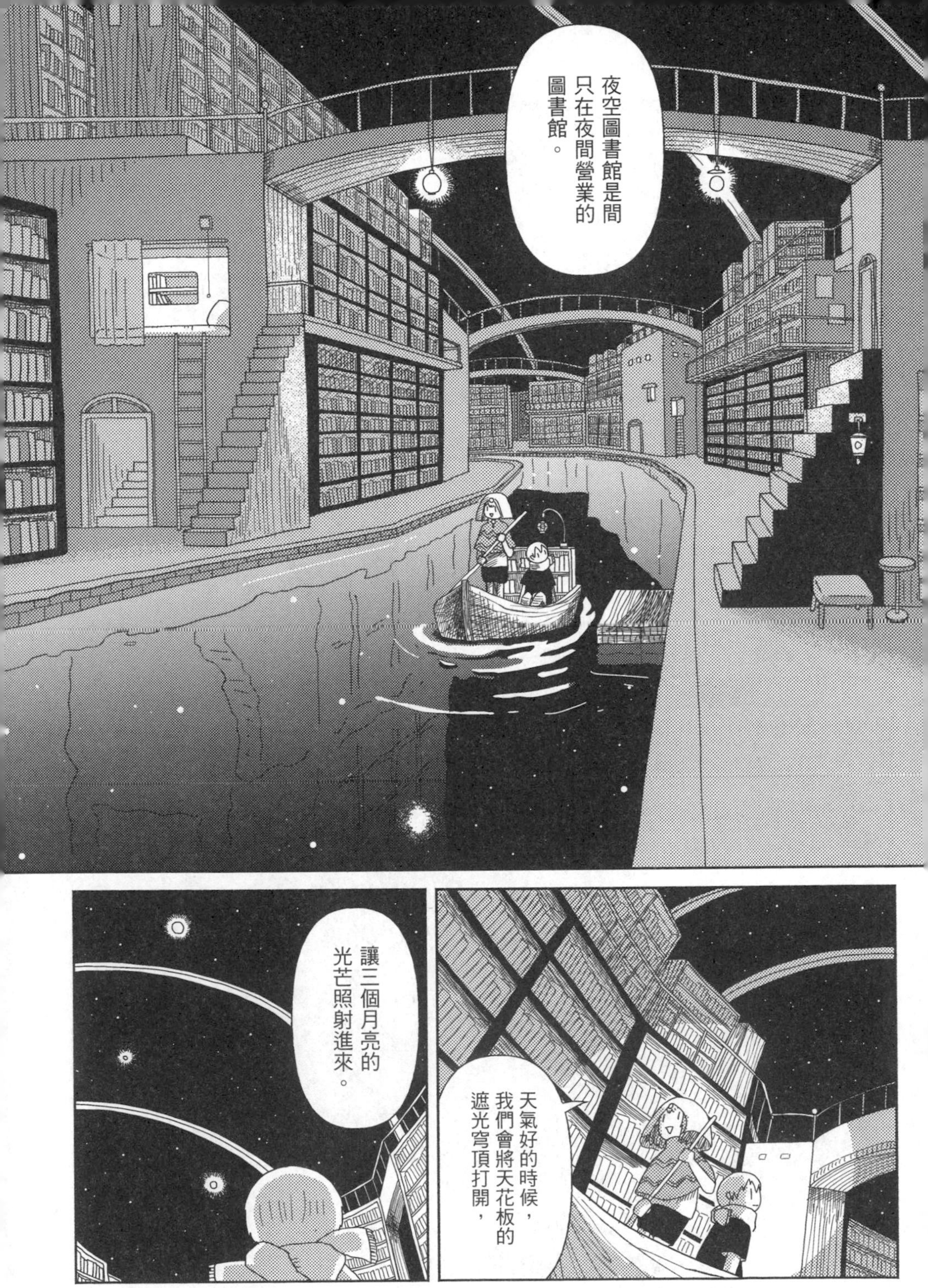
夜空圖書館是間只在夜間營業的圖書館。
天氣好的時候，我們會將天花板的遮光穹頂打開，
讓三個月亮的光芒照射進來。

月光會照亮館內的水道。
圖書館裡居然有水道，我還是第一次看到。
只是充分運用了這裡過去是河流的特色。
書架是按照了舊天文圖書分類法排列圖書。
水道是單行道。
分類號碼從大到小，
一一地細分排列。

雖然在這座圖書館裡要來回取書會有點不方便，
不過，若是想花上一整晚好好地看書，這裡是非常適合的環境。
真的耶。
可以讓人完全沉浸在書裡的世界。
嗯嗯。
如果有人感到睏倦，那邊也設置了床鋪。
今晚請您隨意使用館內的設施。
謝謝。

您覺得我們的圖書館怎麼樣呢？
超棒的喔！
請不要隨便站起來！
哎呀呀。
您在做什麼呢！
沒有啦，我是想要看看水底下。
這裡的水可是深不見底喔！
您這樣會跌下去唷！
我可以在這裡游泳嗎？
當然不行呀！
水道是專門給船隻航行的道路。
好的。

那邊的書架是？
那邊專門擺放無法按照舊圖書分類法分類的書籍，
我們稱之為「魂體書架」。
那邊都是以現今無法解讀的文字所撰寫的書籍，
大部分頁面都已經破損不堪了。
那裡是遺失本質（魂體）的書籍長眠的地方。
303前輩，
您聽說過「藍色行星」嗎？

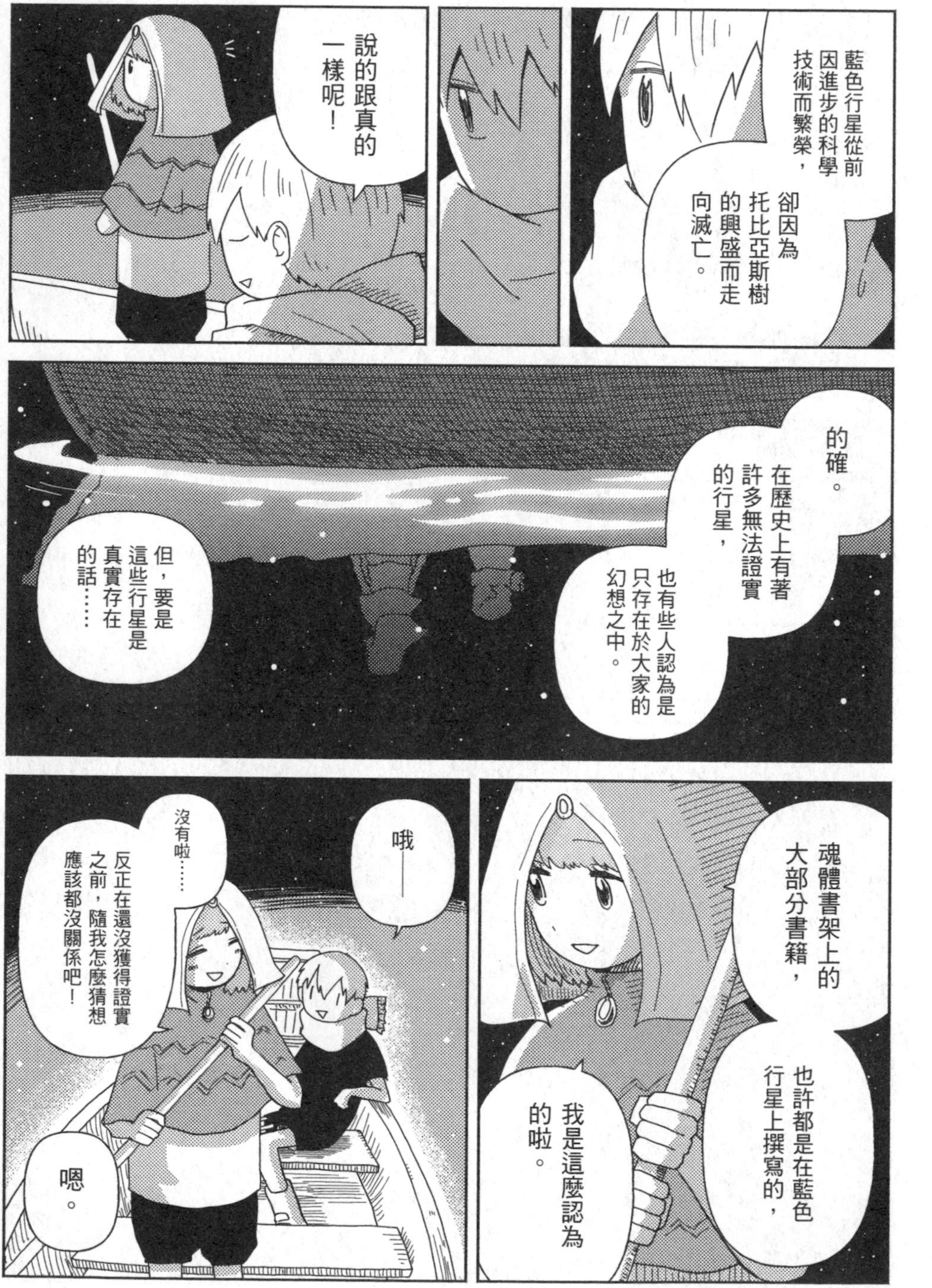
藍色行星從前因進步的科學技術而繁榮，
卻因為托比亞斯樹的興盛而走向滅亡。
說的跟真的一樣呢！
的確。
在歷史上有著許多無法證實的行星，
也有些人認為是只存在於大家的幻想之中。
但，要是這些行星是真實存在的話……
魂體書架上的大部分書籍，
也許都是在藍色行星上撰寫的，
我是這麼認為的啦。
哦——
沒有啦……
反正在還沒獲得證實之前，隨我怎麼猜想應該都沒關係吧！
嗯。

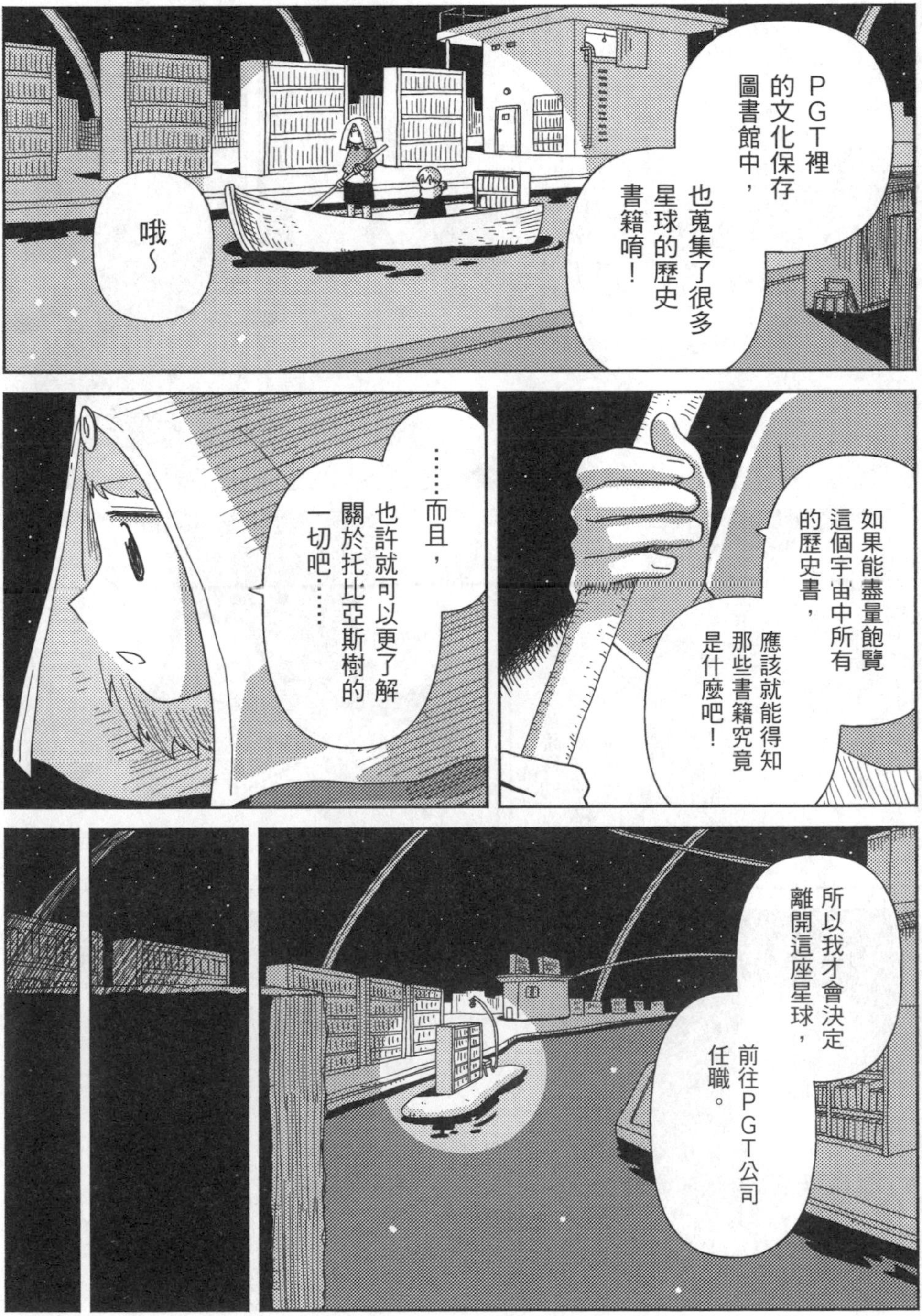
PGT裡的文化保存圖書館中，
也蒐集了很多星球的歷史書籍唷！
哦～
如果能盡量飽覽這個宇宙中所有的歷史書，
應該就能得知那些書籍究竟是什麼吧！
……而且，
也許就可以更了解關於托比亞斯樹的一切吧……
所以我才會決定離開這座星球，
前往PGT公司任職。

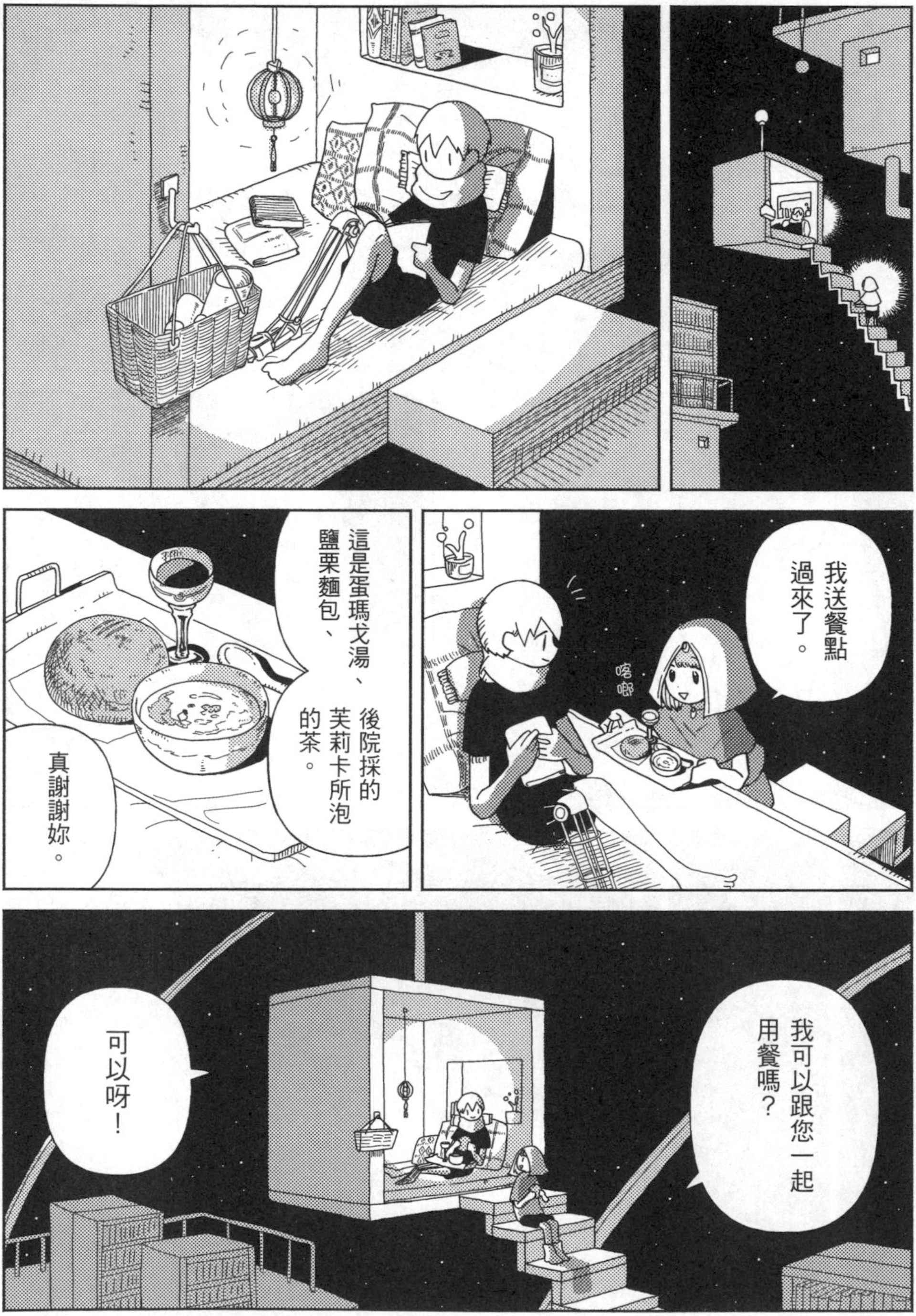
我送餐點過來了。
喀啷
這是蛋瑪戈湯、鹽栗麵包、後院採的芙莉卡所泡的茶。
真謝謝妳。
我可以跟您一起用餐嗎?
可以呀!

水好清澈喔！
是啊。
前輩，您想在這裡游泳對吧！
噗，被妳發現了嗎？
這麼說來，我也有一次想在這裡游泳，結果惹得老師很生氣。
咦！
不過老師其實很少生氣。
她是一位總是很嚴肅認真、很溫柔的人。

我的家人全都睡著了，
只剩下我一個人。
當時，老師邀我來這座圖書館跟她一起生活。
來到這裡的那天，
我沒能好好向老師道謝，
只說了一句「水面星球好美喔！」
老師向我說「謝謝」，然後牽住了我的手。

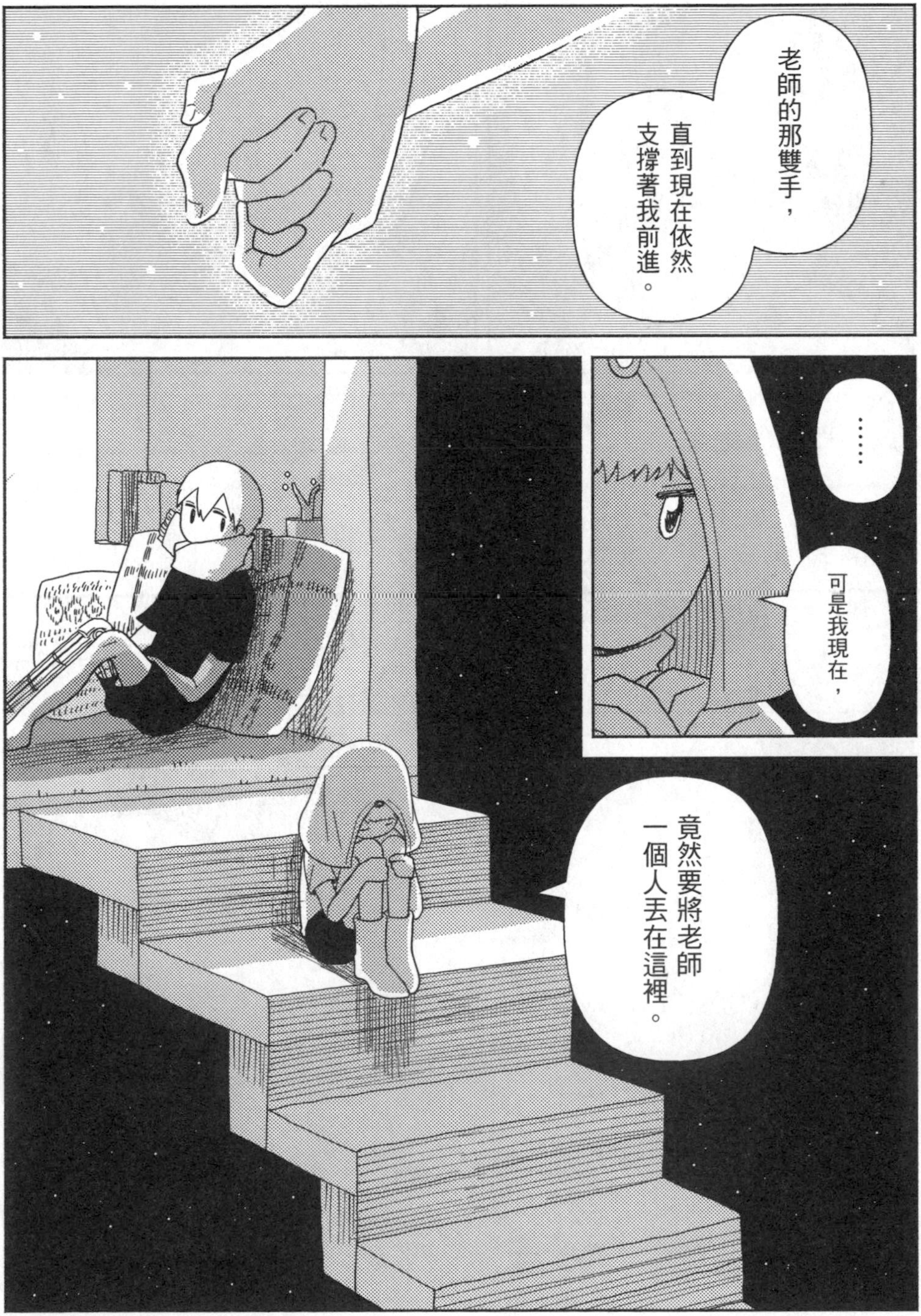
老師的那雙手，
直到現在依然
支撐著我前進。
……
可是我現在，
竟然要將老師
一個人丟在這裡。

路上的人幾乎都陷入了睡眠。
老師有一天也會變成這樣嗎……
我曾邀老師一起移居到有PGT的星球，
但老師拒絕了。
因為老師深愛這座圖書館。
所以我才會獨自離開，
將老師一個人留在這裡。
……
我不希望，
老師孤伶伶的獨自哭泣啊！

嗚嗚……
……
咦？
呼—
呼—
睡著了……
她睡著了嗎？
呼—
哦！館長好。

這孩子剛剛偷喝了酒。
她一喝酒就會開始哭，然後睡著。
哦——
真是的。
都已經是最後一晚了，應該要節制一點才對呀……
應該就是因為已經是最後一晚的關係吧！
……呵呵。

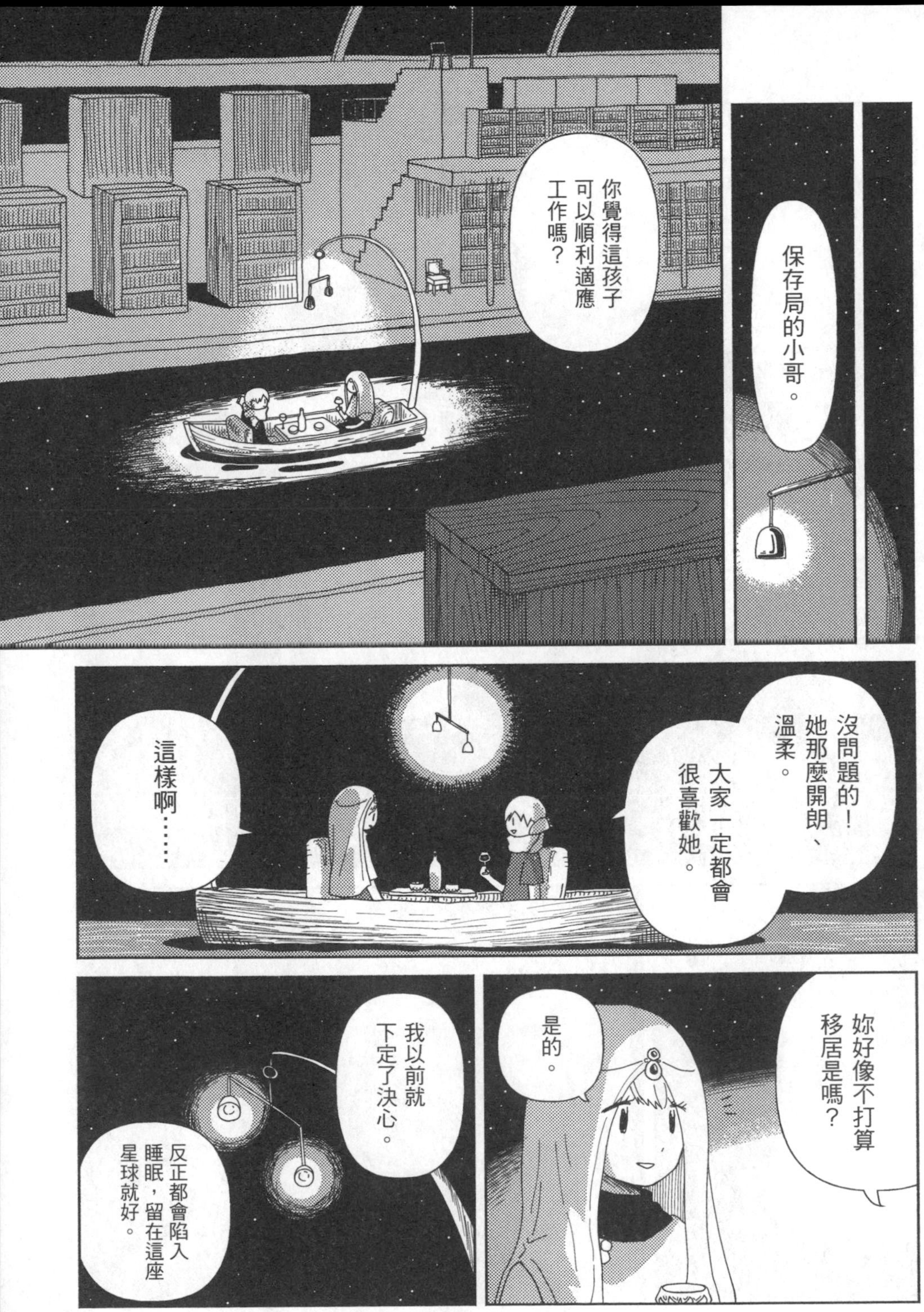
保存局的小哥。
你覺得這孩子可以順利適應工作嗎？
沒問題的！她那麼開朗、溫柔。
大家一定都會很喜歡她。
這樣啊……
妳好像不打算移居是嗎？
是的。
我以前就下定了決心。
反正都會陷入睡眠，留在這座星球就好。

那孩子剛剛說，她不希望老師一個人獨自哭泣。
啊……的確是很像她會說的話。
我不會感到寂寞喔。
這邊有讀也讀不完的書，
就算那孩子離開了，我也還有很多想做的事。
到時候，肯定沒時間，覺得寂寞。
而且，學生畢業。
是一件再值得開心不過的事了。

我以前也曾照顧過小孩子，任務完成時真的覺得解脫了。
呵呵。
……這麼說來，小哥你今年幾歲呢？
這是秘密。
咦。
呵呵呵。
今天謝謝你特地過來。
嗯？
如果你能多多提點那孩子，
……我也能放心地從老師的身分畢業了。
館長。
怎麼了？

要不要來做點壞事呢？
啊？
妳今晚就要從老師的身分畢業了，對吧？
既然如此就來狂歡一下吧！
這……
這是什麼犯罪宣言！
呵呵呵……
館長，
聽說妳是一位很嚴肅認真的人。
我就來當妳的共犯吧！
這……

這……
我才不要。要是我做了壞事，你也會生氣的吧！
而且公司的人也會……
啊！
反正我很喜歡發脾氣……
原、原來你是這種人嗎？
而且PGT幾乎都不是乖寶寶，
沒人會因此生氣啦！
那孩子該不會進錯公司了吧。
怎麼樣？
我不會強迫妳啦。
……
所、所謂的壞事，是例如什麼呢？
像是在水道裡游泳啦～
咦！
剛剛那孩子阻止我了。
那是當然囉！
聽說那孩子也有提過一次很想要游看看呢！
哪是只有一次！她提了大概有十次吧！
哈哈。

那，要一起來游泳嗎？
真是的……為什麼大家都那麼想游呢……
呵呵呵。
大概是，因為水面星球很美的緣故吧！
大家都很想親眼看看，
水面的下方會是什麼樣的景色吧！

那我就先下水囉！
等等！
我要當第一個。
哦？真的沒關係嗎？
沒關係。
需要換衣服嗎？
解開
不必換衣服。
我在裡面，已經穿好泳衣。

噗哈
噗哈
為什麼妳會穿著泳衣呢？
嘿嘿。
因為我本來就打算在那孩子離開後，自己一個人游泳。
妳真壞耶，老師～
請幫我保密唷……

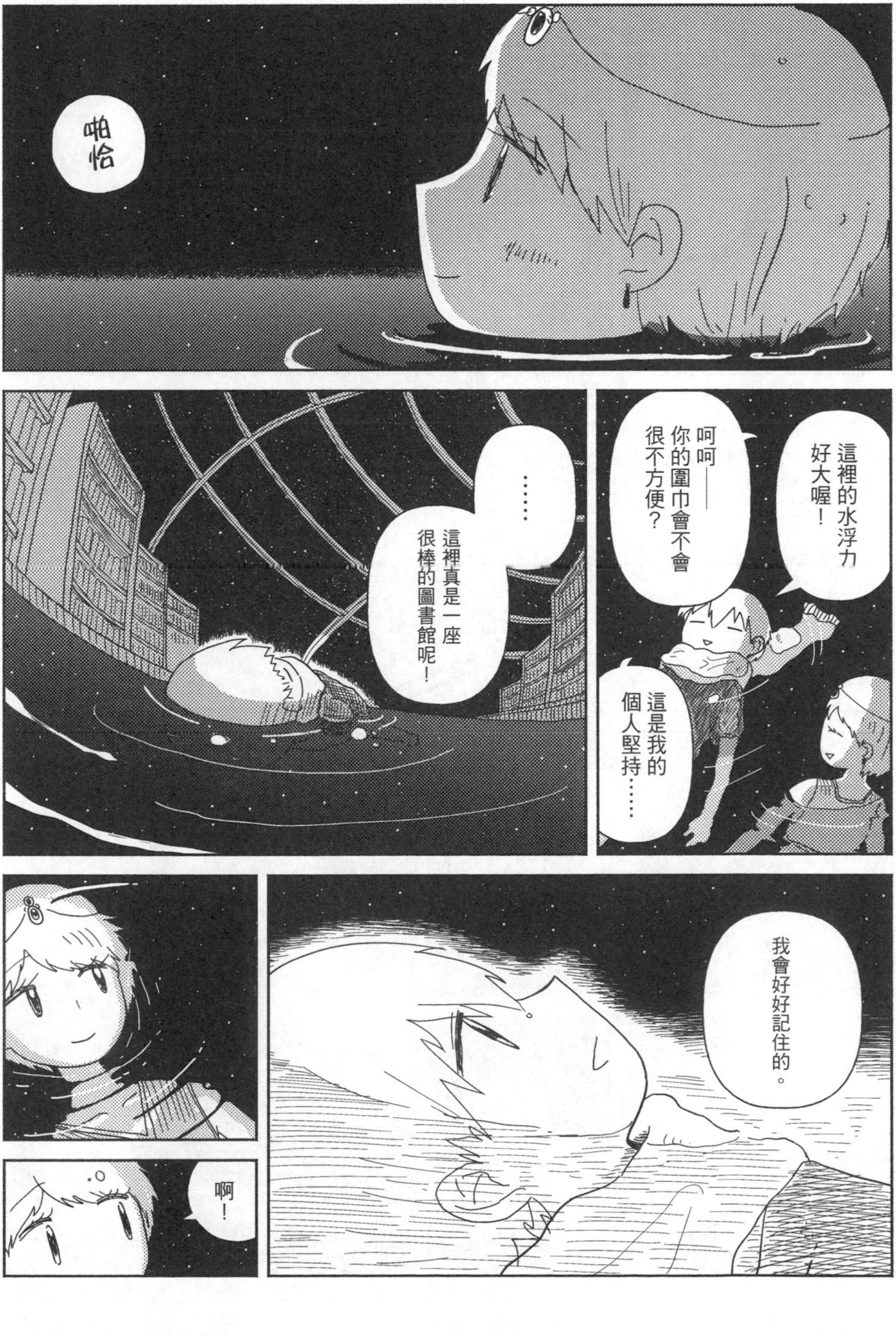
啪恰
這裡的水浮力好大喔!
呵呵——你的圍巾會不會很不方便?
這是我的個人堅持……
……
這裡真是一座很棒的圖書館呢!
我會好好記住的。
啊!

我想起來了。
我曾經在夢中見過你喔！
我夢到我走在不知名的海邊。
你就在我旁邊。
當時你好像……
盯著一個會發光的白色物體飛走。
那該不會是預知夢吧……
妳夢到的不是我唷！
咦？
那個人沒戴圍巾吧！
……嗯，那好像不是圍巾……
咦？我不記得了。
呵呵呵。

老師～!!
哎呀，被發現了。
等等！
你們兩個在做什麼呀！
老師不是說不可以游泳嗎!?
老師已經學壞囉！
哇～！
妳也一起來游吧！
咦！
就當是慶祝妳畢業。
妳也已經是一個大人了，一起來做點壞事吧！
快來吧！水裡冰冰涼涼的很舒服唷！
…！
我……
我去換泳衣！

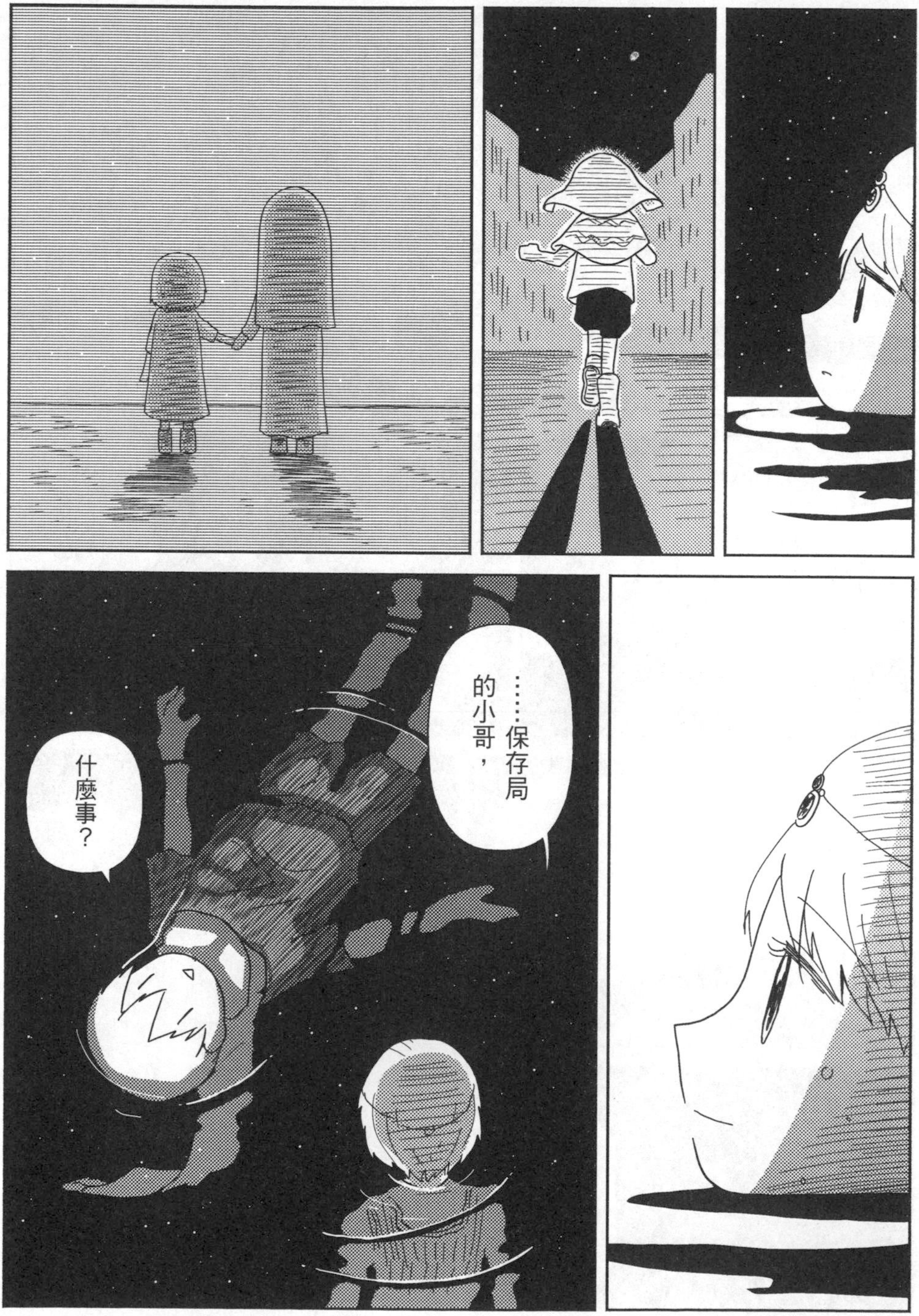
……保存局的小哥，
什麼事？

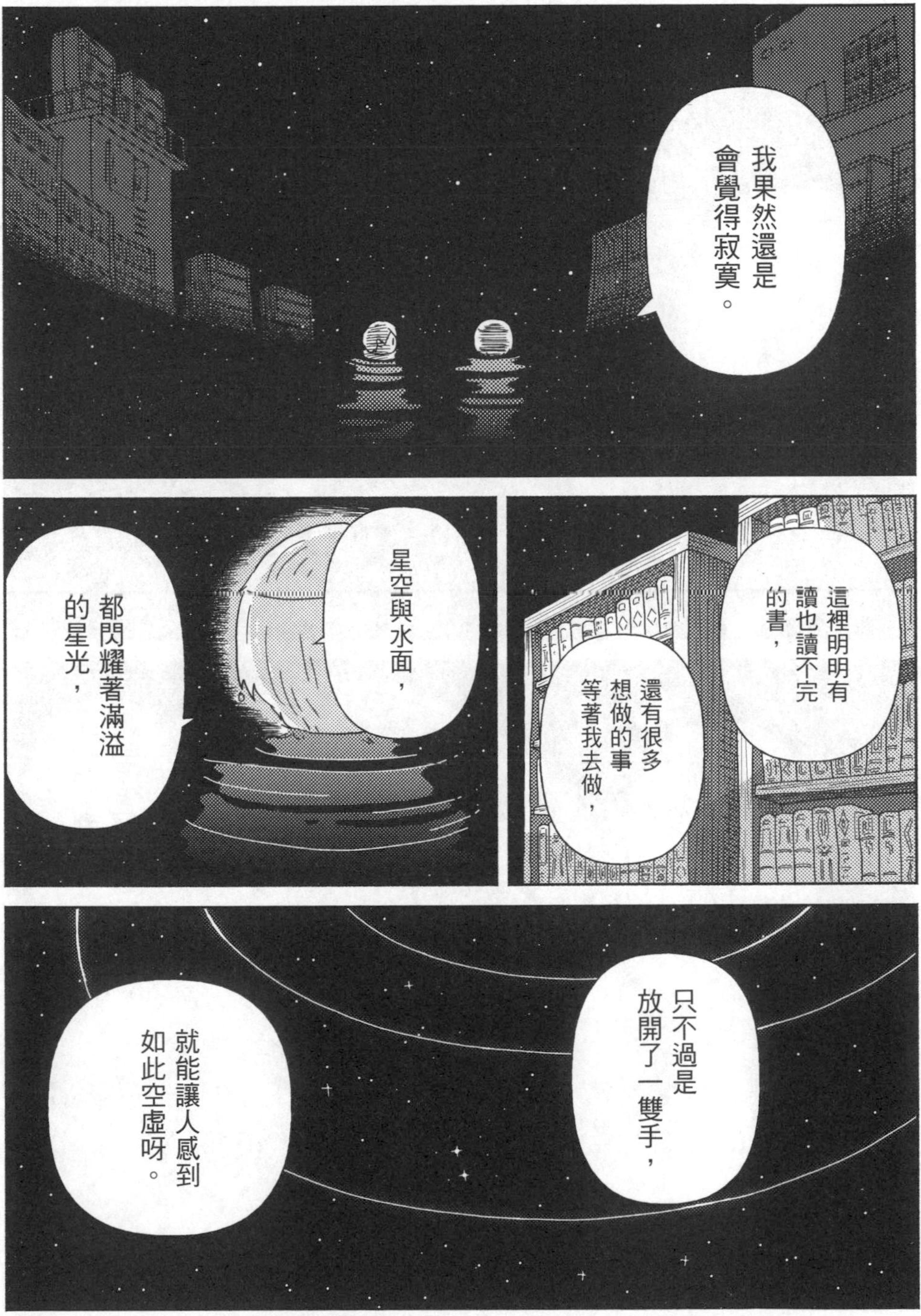
我果然還是會覺得寂寞。
這裡明明有讀也讀不完的書，
還有很多想做的事等著我去做，
星空與水面，
都閃耀著滿溢的星光，
只不過是放開了一雙手，
就能讓人感到如此空虛呀。

只是……
我不想抹煞這樣的心情。
如今感覺有多寂寞，
就代表那孩子，
在這裡度過的時光有多珍貴。

嗯。
確實是這樣沒錯。
我想我也一定可以，
牽起寂寞。
……嗯。
老師～！

episode.03 終

episode.04　假寐旅店

“Good Midnight!”(夜安)
這裡是PGT管制室登記證號505。
定時聯繫時刻。

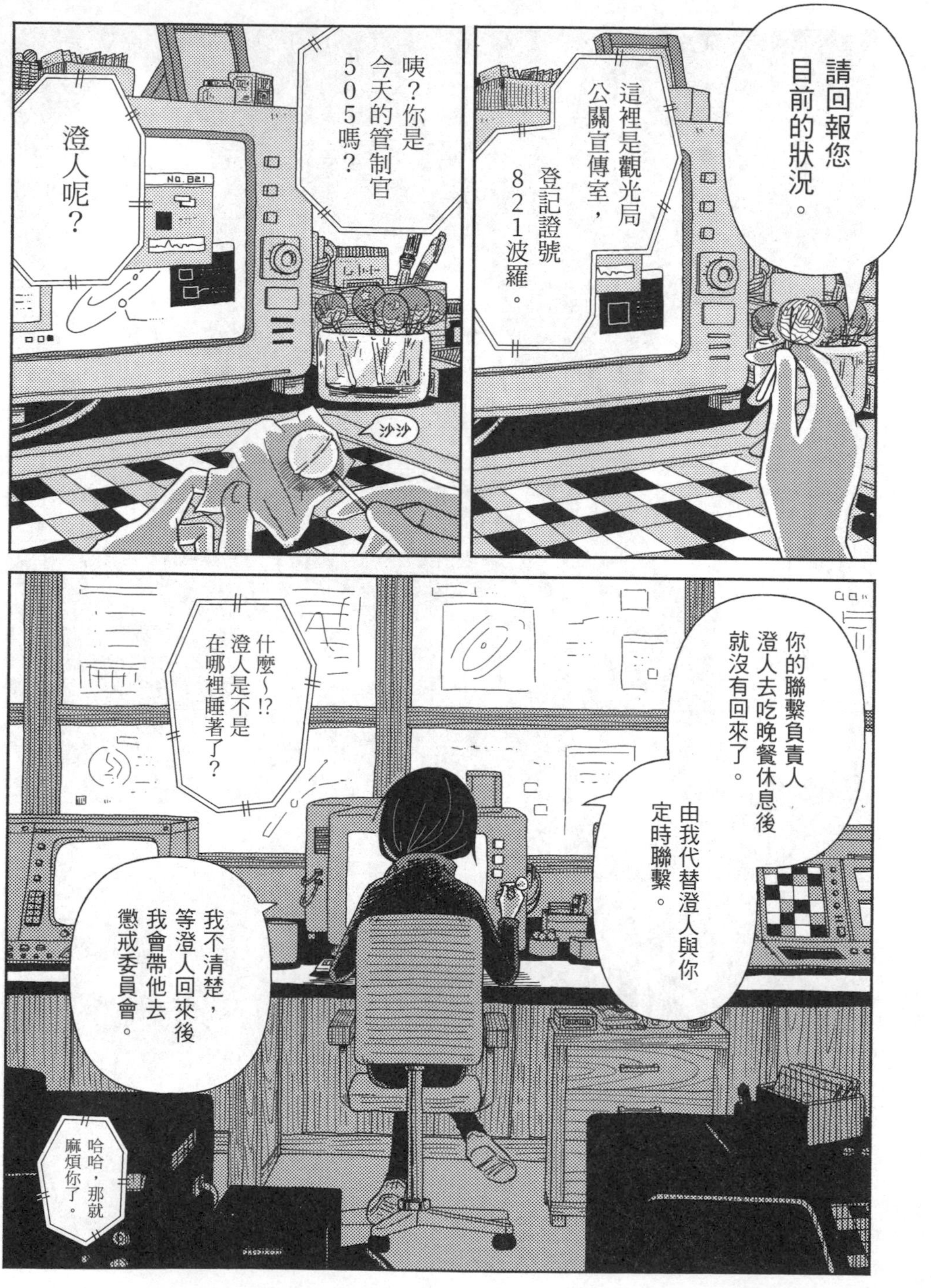
請回報您目前的狀況。
這裡是觀光局公關宣傳室，登記證號821波羅。
咦？你是今天的管制官505嗎？
澄人呢？
沙沙
你的聯繫負責人澄人去吃晚餐休息後就沒有回來了。
由我代替澄人與你定時聯繫。
什麼～!?澄人是不是在哪裡睡著了？
我不清楚，等澄人回來後我會帶他去懲戒委員會。
哈哈，那就麻煩你了。

那就請你回報目前狀況。
收到。
現在正按照計畫航向行星希爾多魯多街，燃料、機況都沒問題。
收到。抵達前請再與我聯繫。
收到。
喀噠喀噠
祝你有個美好的夜晚，波羅。
祝你有個美好的夜晚，登記證號505。
啪嚓
啪嚓
505——
結束了嗎？505。
啪嚓

室長，
我可以先說一件事嗎？
呃，什麼事？
“Good Midnight!”這句開場白，
也太老土了，我不想說這句啦。
咦，會很土嗎!?
對啊，繼續沿用是也可以啦。
不過……
真的很土。
你仔細考慮一下。
嗚嗚嗚。

另外，有聯繫上303嗎？
他還沒進行返航前的聯繫。
啊！我剛剛就打算要說這件事。
他剛剛聯繫我了。
他好像已經抵達這顆星球了。
啥？
但他是降落在AGNICA公司的基地，而不是我們PGT的基地。
他好像很想試一次看看。
什麼？他就這樣隨便降落？
沒有啦，他也有申請對方的進場管制。
原來這樣也可以呢！
咕，那個笨蛋。
看來該預約懲戒室了。
嗶嗶嗶
哈哈。

然後啊，他好像有件事想要拜託你。
先別管管制室的事了，你要不要過來這裡看看啊？

打擾了。
請問妳是ＰＧＴ的新進員工嗎？
我是負責聯繫３０３的管制官。
哇—
您是５０５前輩嗎!?
？
沒錯。
我是被分配到ＰＧＴ圖書局的新人可可露娜！
我有聽過您跟３０３前輩定時聯繫，
本人的聲音也很好聽呢！
……謝謝。

303他人在哪裡？
他去別的地方了。
他要我今天就先聽505前輩的指示工作。
大概做做就好。
好的！
根本沒聽說—
？
……
我了解了，那就趕快出發吧！
啊，可是我還沒在公司露面。
先不用去公司沒關係。
明天會有圖書局的人會帶妳去公司，跟妳說明工作內容。

今天的工作內容
是外出採買。
上街去買妳工作時
需要的備品。
好的！
要是有在路上
看到303，
就要抓住他，
我要把他
關進懲戒室。
呃……？

文具、
休息用寢具、
典禮用的披肩、
餐廳用的餐具……
不是用公司裡公發的東西嗎？
上面說要讓每位員工自己挑選要用的東西，真囉嗦。
哈哈。
今天要租這個上路。
！
哇～！是帕賽爾車！
你好。
歡迎光臨～

妳有駕駛經驗嗎？
沒有。
妳有什麼星際駕照嗎？
有3種低空飛行器駕照…
有適合她的嗎？
啊～抱歉，低空飛行器全都被租出去了。
剛剛被303租了10台走了。
也請跟505說，租車前記得要預約啦！
……
哎呀呀
現在剩下的嘛～
這台雖然是中空飛行器，不過只要有低空駕照就可以騎唷！
因為這裡頭有植入魂體程式。
魂體……？

就是模擬人類魂體的模擬程式。
只不過沒有感情。
簡單來說就是自動駕駛啦。
妳是PGT的新人吧？
是的！
這裡的街道跟帕賽爾車都很有趣喔！
路上小心，好好去玩吧！
好……
好的！
我們不是來玩，是來工作的！
不好意思。

那我們就出發吧！在這附近的店家買一買。
這些全、全部都是有在營業的店家嗎！
是啊！

文具、
休息用寢具、
典禮用的披肩、
在餐廳用的餐具……
大致都買齊了呢。
稍微休息一下吧！
請給我兩個甜甜圈。
啊，不好意思，目前甜甜圈都賣完了。
剛剛303過來把甜甜圈都買光了，我現在正在做其他的甜甜圈，您可以稍等一下嗎？
……
哎呀呀
滋—…
累死了。
妳不累嗎？
我還好！
太好了……
都沒看到303前輩呢……
他究竟去哪裡了呢？

話說，他為什麼要租10台帕賽爾車呢……
而且還把甜甜圈都搜刮一空。
他該不會在哪裡開店了吧？
歡迎光臨～
用租來的帕賽爾車開店？
……嗯，先別管那傢伙了，
我心裡大概有個底。
話說回來，妳覺得這條街怎麼樣？
這裡真的很好玩！
我是第一次像這樣上街購物……
第一次？
是的！

因為我住的地方，
有很多托比亞斯樹。
要是越靠近托比亞斯樹，
身體裡就會累積越多毒素，對吧？
尤其是毒性特別強的「紅果實」。
要是一不小心吃進嘴裡，
就會連睡好幾天，最後變成一棵樹。
所以大家都叫我盡量不要上街。
這樣啊。
這裡的街道上完全沒有樹呢！
嗯。
不過郊外有托比亞斯森林。

……原來除了假寐星球之外，
也會有托比亞斯森林啊！
因為很多人都會想要在有樹的地方長眠，
於是，
自然而然就形成森林了。
……其實我……
有點喜歡那種紅色光芒。
聽說［紅果實］裡，
藏著那棵樹過往身為人的記憶。
可能是因為這樣，
一看到那道紅色光芒，
就好像見到了某個人一樣……
……感覺有點安心。

我有一次偷偷去看「紅果實」，結果被老師和家人罵了一頓。
什麼？
妳如果再這麼做，我也會生氣喔！
啊！我知道了。
而且，
……這種事，不要隨便說給別人聽！
……什麼？
？

……我等等再過去找妳，妳先到那邊走走看看吧！
妳要送伴手禮給老師嗎？
可以請星際快遞配送喔。
啊姆
太感謝了！
噠
噠
——……
噠
噠

505前輩人真好……
店家也都很和善。
這裡真愉快。
……真想跟老師一起來……
啊！
冷靜
不行不行。
我已經下定決心要好好調查，
藍色行星與托比亞斯樹了！
啊。

是珠寶店。
無人商店……
這裡治安還真好。
有沒有適合老師的呢……
……
咦……

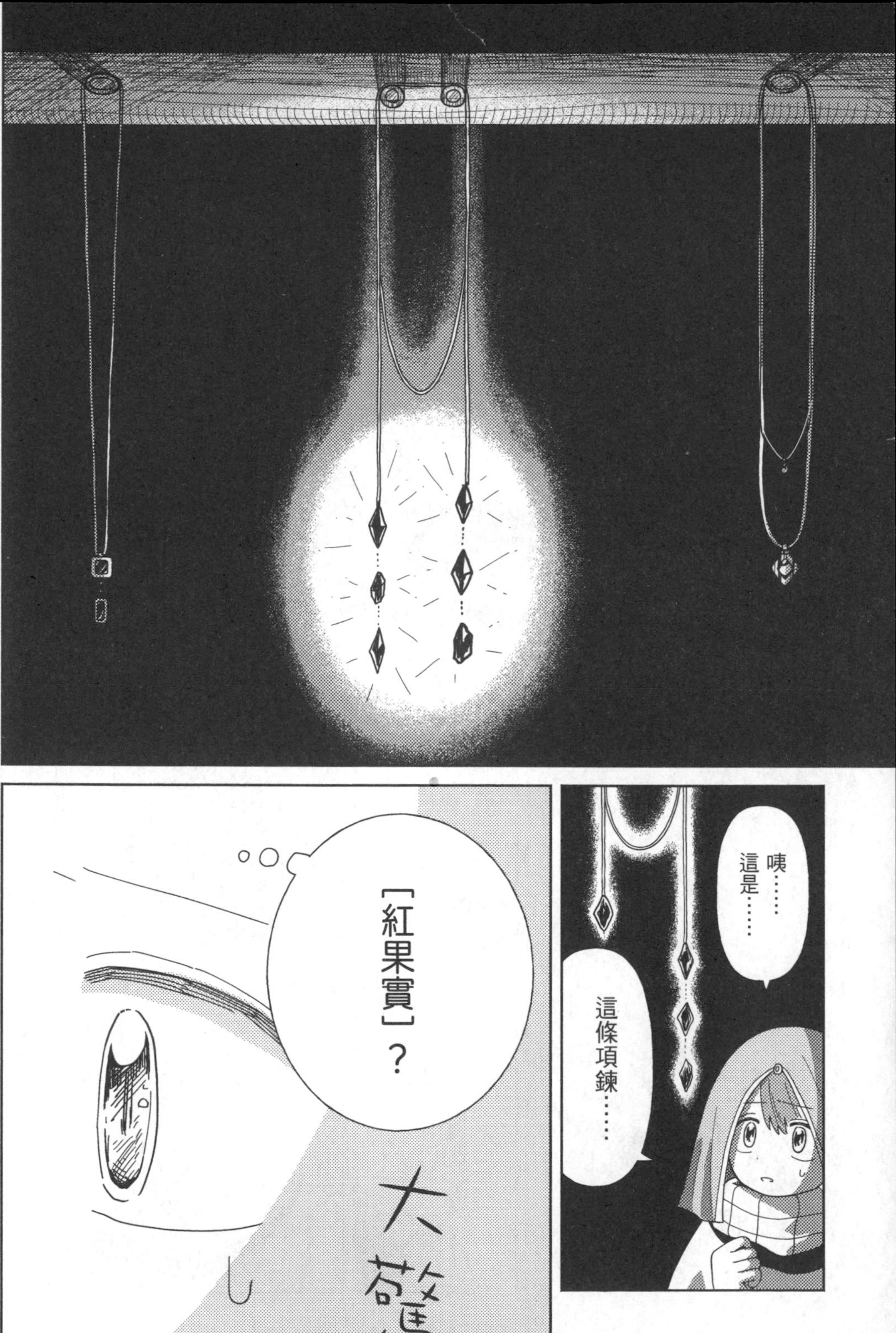
咦……
這是……
這條項鍊……
[紅果實]？
大驚

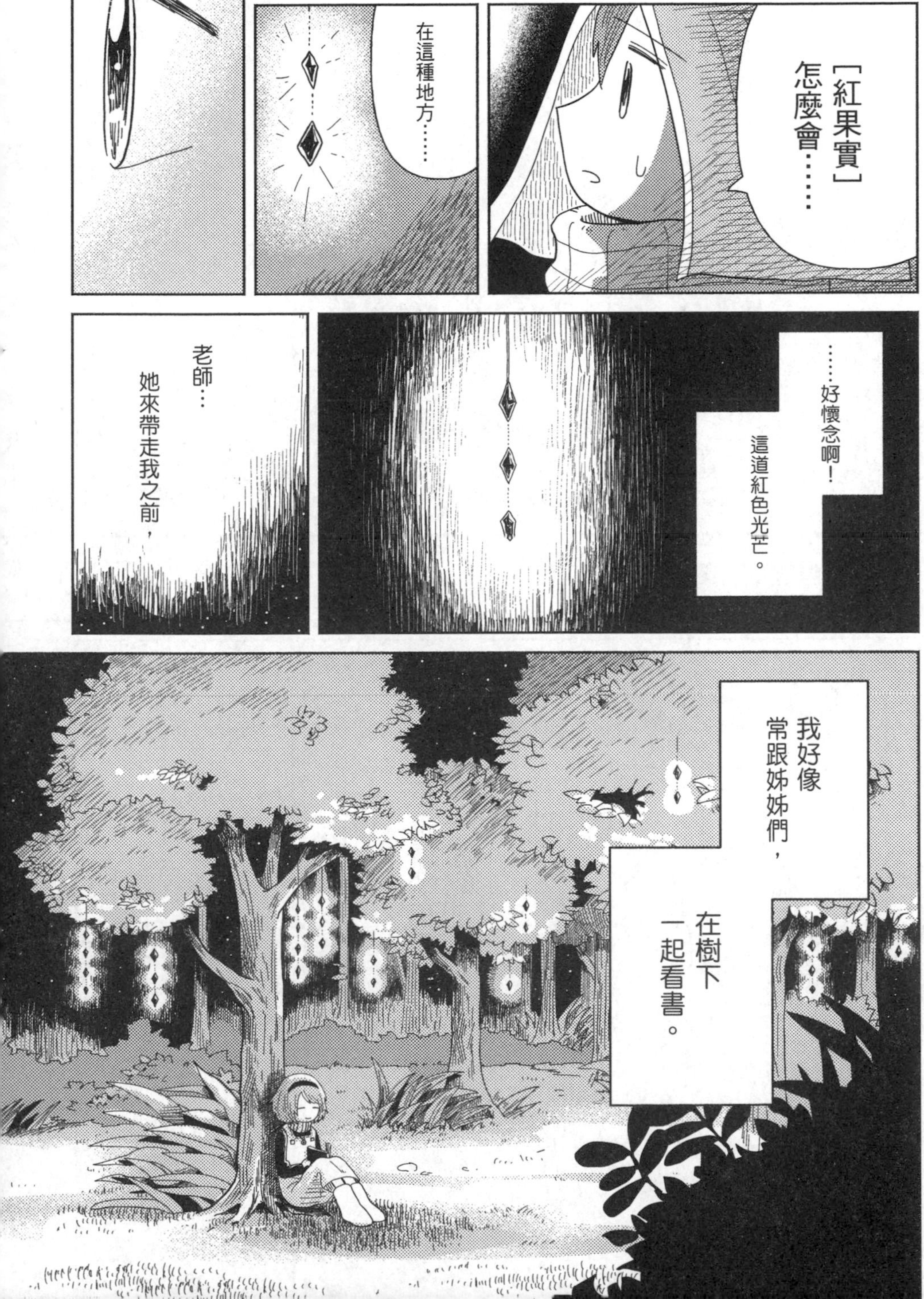
「紅果實」怎麼會……
在這種地方……
……好懷念啊！
這道紅色光芒。
老師…
她來帶走我之前，
我好像常跟姊姊們，
在樹下一起看書。

如果那時候，
我將「紅果實」放進嘴裡，
是不是就能再見他們一面呢？
……姊姊……

碰唰

啊!
那個是,
[紅果實]唷!
那個有毒,不要靠太近比較好……
……
這是贗品唷!
不是真的[紅果實]。
啊……太好……
哦

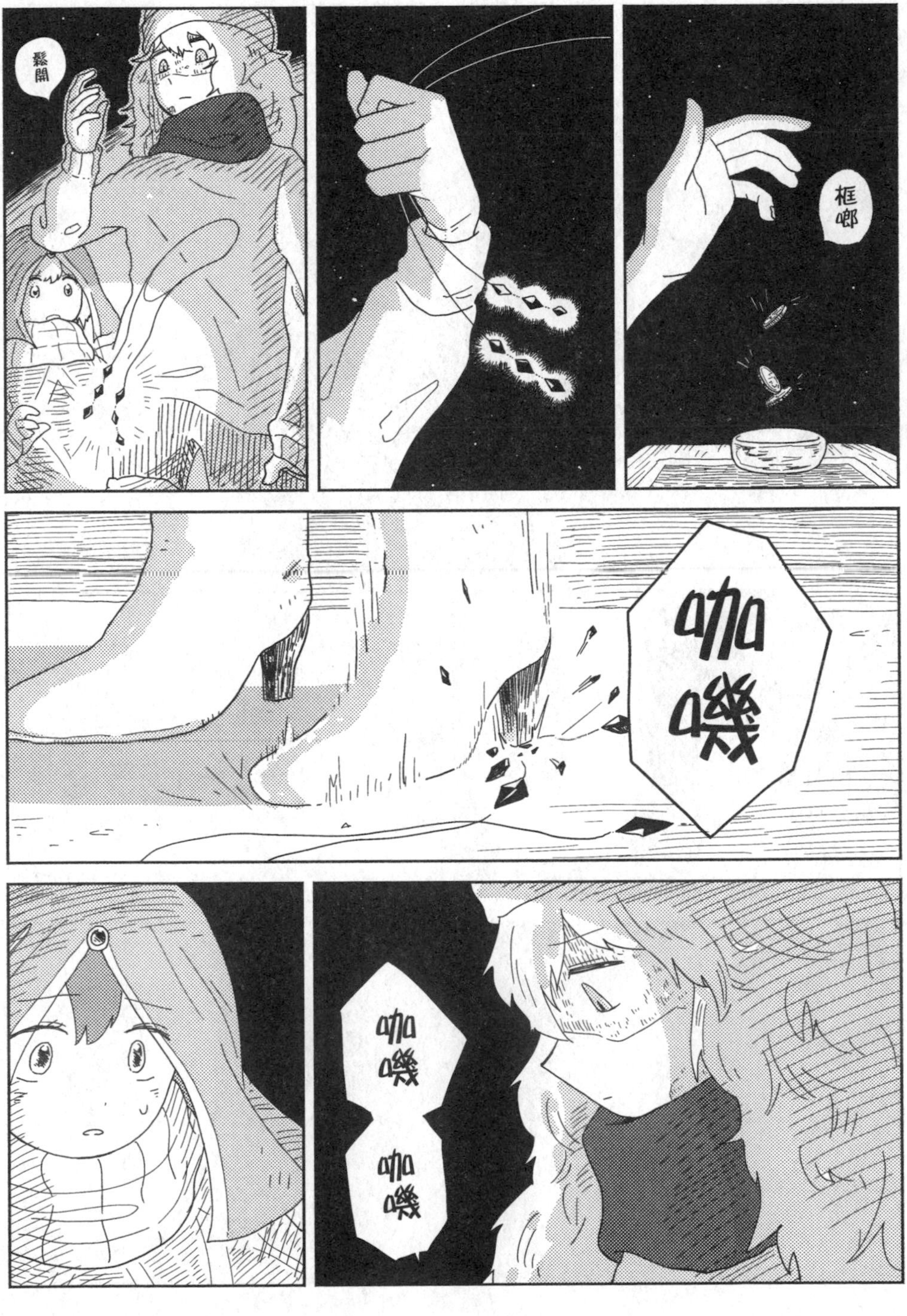
鬆開
框啷
咖嘰
咖嘰
咖嘰

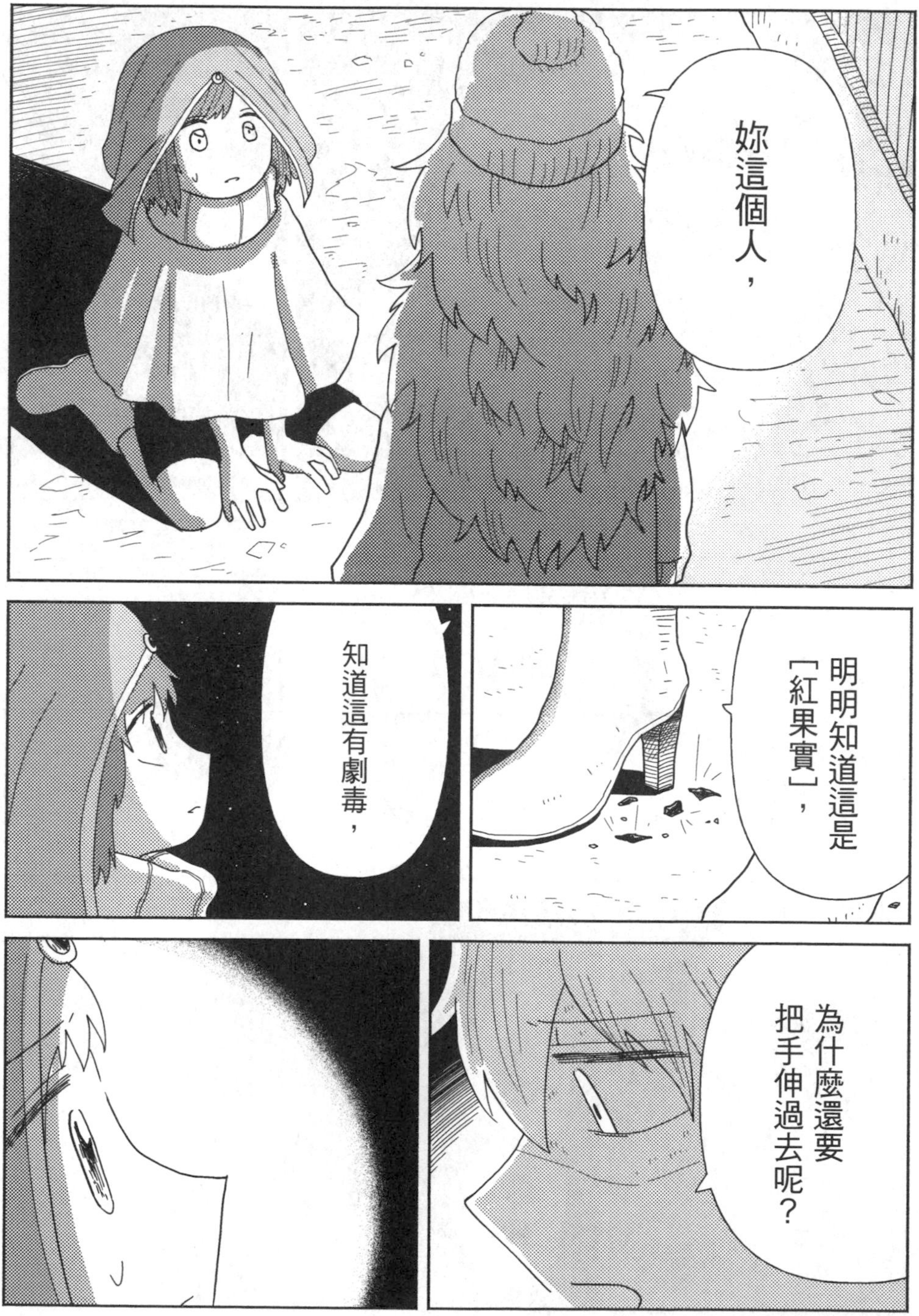

妳這個人，
明明知道這是
[紅果實]，
知道這有劇毒，
為什麼還要
把手伸過去呢？

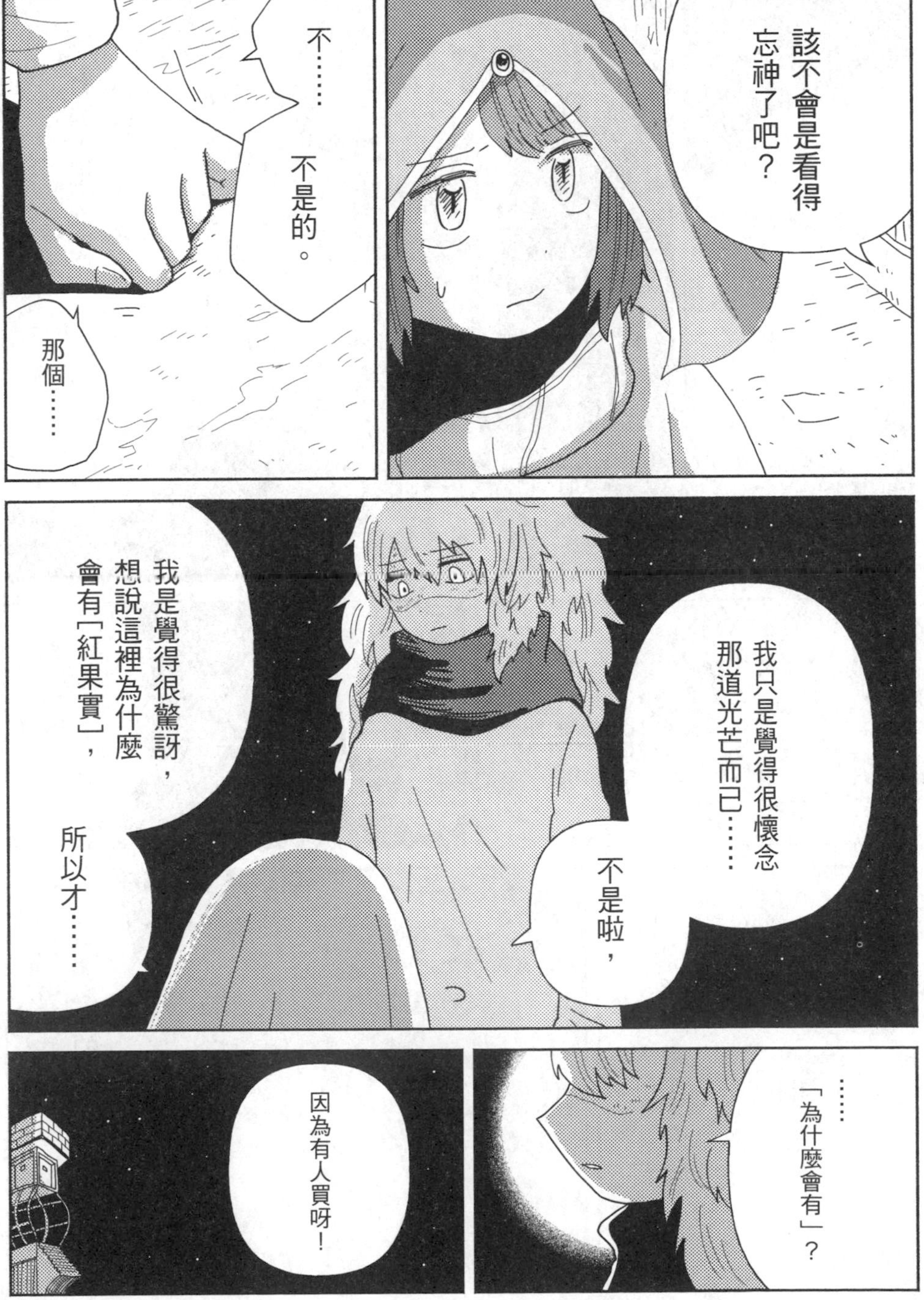
該不會是看得忘神了吧？
不……不是的。
那個……
我只是覺得很懷念那道光芒而已……
不是啦，
我是覺得很驚訝，想說這裡為什麼會有「紅果實」，所以才……
……「為什麼會有」？
因為有人買呀！

有些人把它當作
「能帶來安穩入睡的解方」。
妳也想要這種東西嗎？
咦？
不、不是的。我沒有……
這種東西才不是解方呢！
妳知道那些心懷惡意的人，會用「紅果實」做出什麼事嗎？
抓扯
妳能想像嗎？

要不要讓我將妳
那顆沉浸在安穩小日子
的恍神腦袋瓜，
一把敲醒好了！
讓您久等了。

這邊有兩個甜甜圈，其中一個是雙倍砂糖。
謝謝。
咦？另一個孩子呢？
她去那邊的小巷買東西了。
哎呀。她還好吧？
啊？
那附近最近治安很差唷～
……

唉 唉
可可露娜！
喂，妳怎麼啦？
還好嗎？
啊……
前輩，不好意思。
我……
剛剛遇到了一個很可怕的人……

……
那個人對妳
做了什麼？
什麼都沒有。
只是……
要被揍了吧……
閉上
……咦？

轉身
這給妳。

……這裡也不是全都是好人，妳自己要小心一點。
那條項鍊比較適合妳喔！

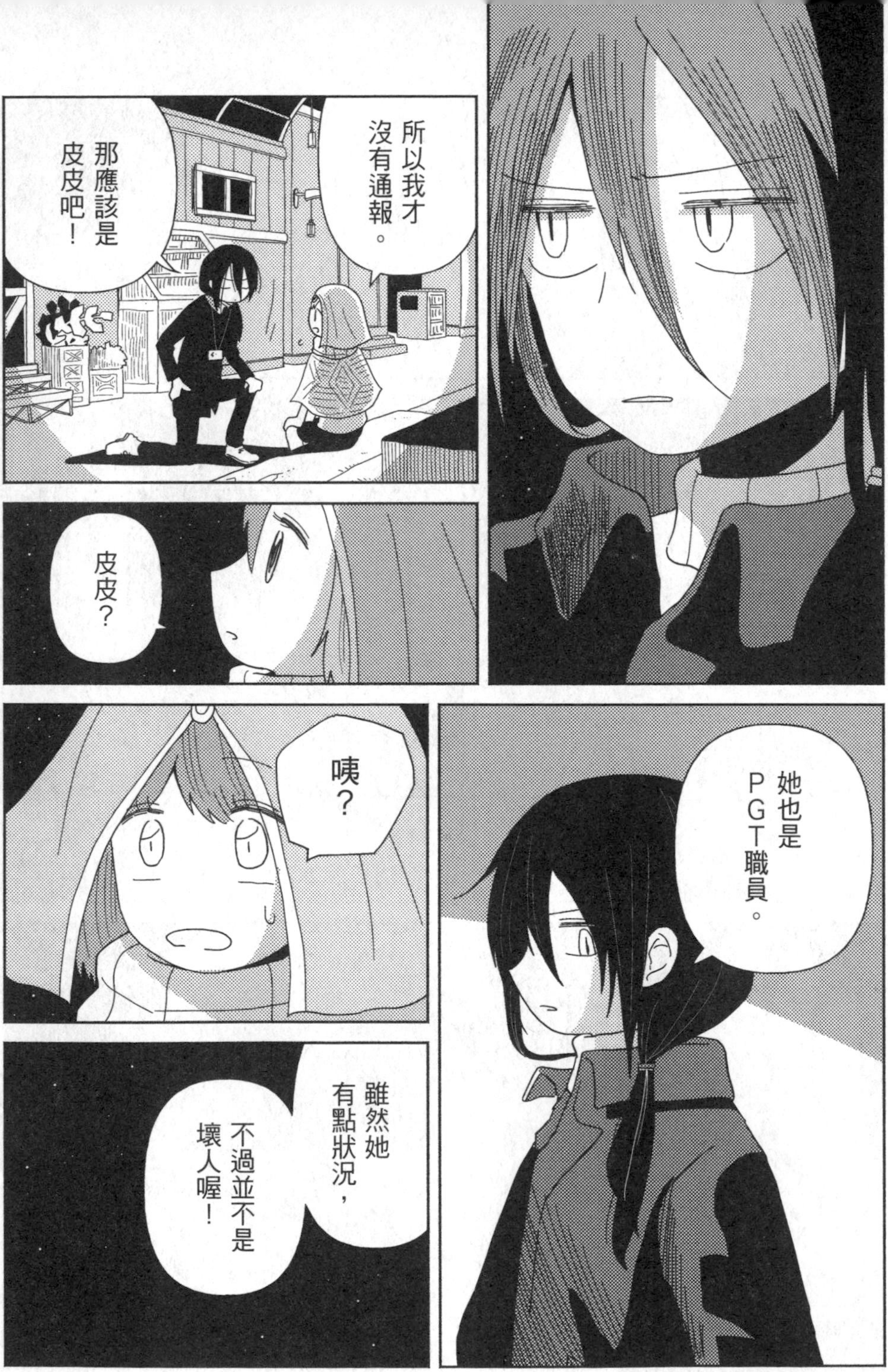
所以我才沒有通報。
那應該是皮皮吧！
皮皮？
她也是PGT職員。
咦？
雖然她有點狀況，
不過並不是壞人喔！

……因為以前發生過一些事，
所以極度討厭托比亞斯樹。
她剛剛應該是以自己的方式警告妳。
不過，這樣還是太超過了。
也該把那傢伙送進懲戒室裡。
啪噠 啪噠
咦……沒有啦……
咦？預約都額滿了……
……好漂亮。

一見到那道紅色光芒
感覺就有點安心。
這種事不要隨便
說給別人聽！
妳知道那些
心懷惡意的人，
會用［紅果實］
做出什麼事嗎？
前輩，
我……

是因為想要了解一些事情，
才會來到這個星球。
雖然我以前待過假寐星球，
卻什麼都不懂。
可以多告訴我一些，
關於托比亞斯樹的事嗎？
既然如此，
沙沙
我們稍微繞點路吧！

前輩……這裡是？
這裡是假寐旅店。

歡迎光……
哎呀，505！
好久不見了呢！
你好。
303有在這裡嗎？
他在呀！
你聽我說，303他今天呀，
哎呀呀
他幫忙租了好多台帕賽爾車，
跟客人在院子裡比賽喔！
要去叫他嗎？
好。

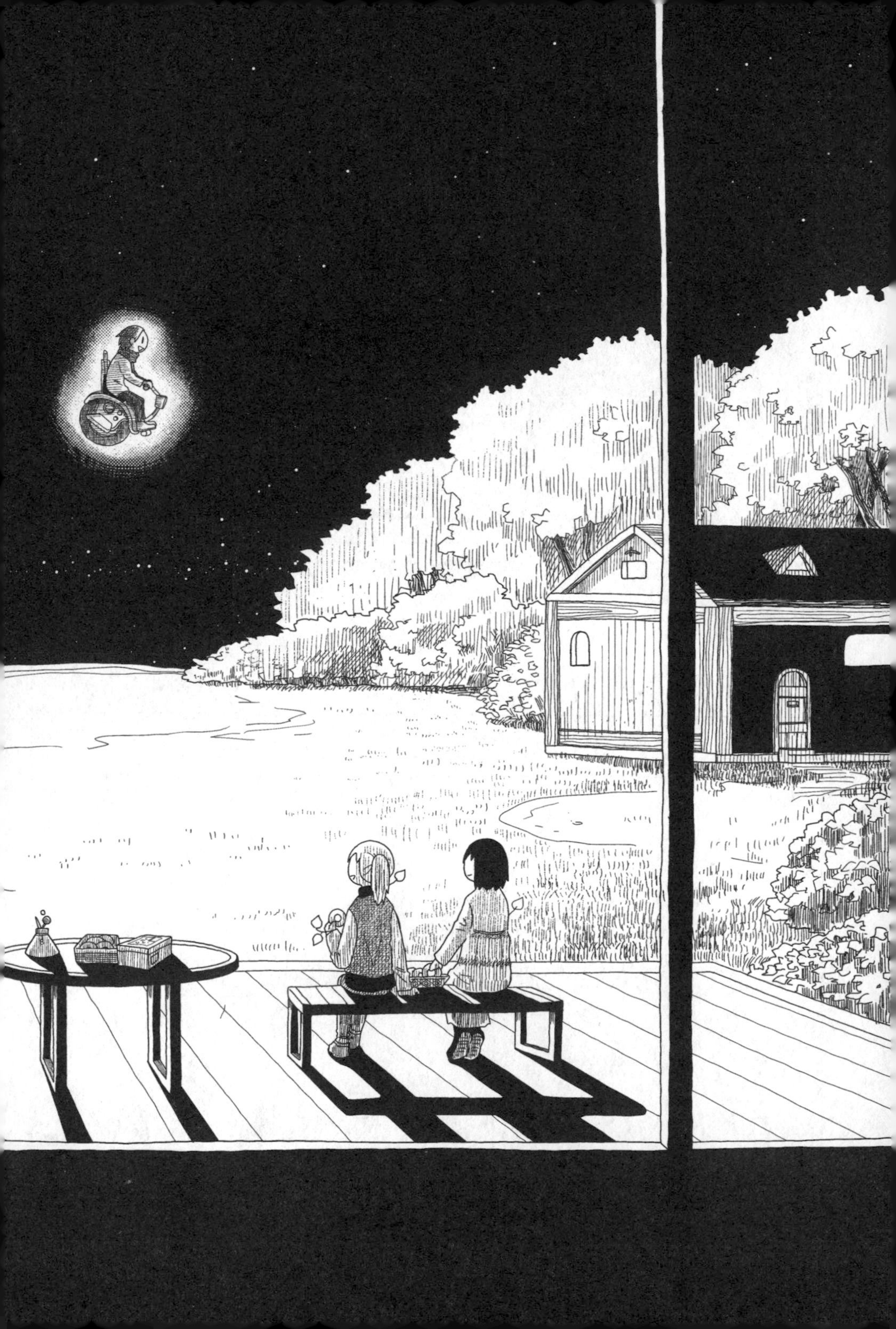

……
那是……？
這裡是專門讓「發芽」的人入住的旅店。

當體內累積的P-TOT毒素超過人體所能負荷時，
人的身體就會開始「發芽」。
十多天之後，就會陷入再也不會醒來的睡眠。
這間旅店就是為了讓這些人度過這十多天而設立。
妳的家鄉沒有這種旅店嗎？
沒有……
但我有在書上看過一些……
抱歉，505。
303不在這裡。
他好像去托比亞斯森林了。
啊，這樣啊！
PET

303前輩在這裡做什麼呢……？
嗯。他每次回來時，都會過來幫忙。
說是幫忙，其實他都把客人晾在一旁，老是自己一個人看書。
咦!?
只要他看完了手邊的書，
就會詢問客人以前喜歡什麼樣的書，
然後立刻開始讀，
再跟客人一起討論感想。

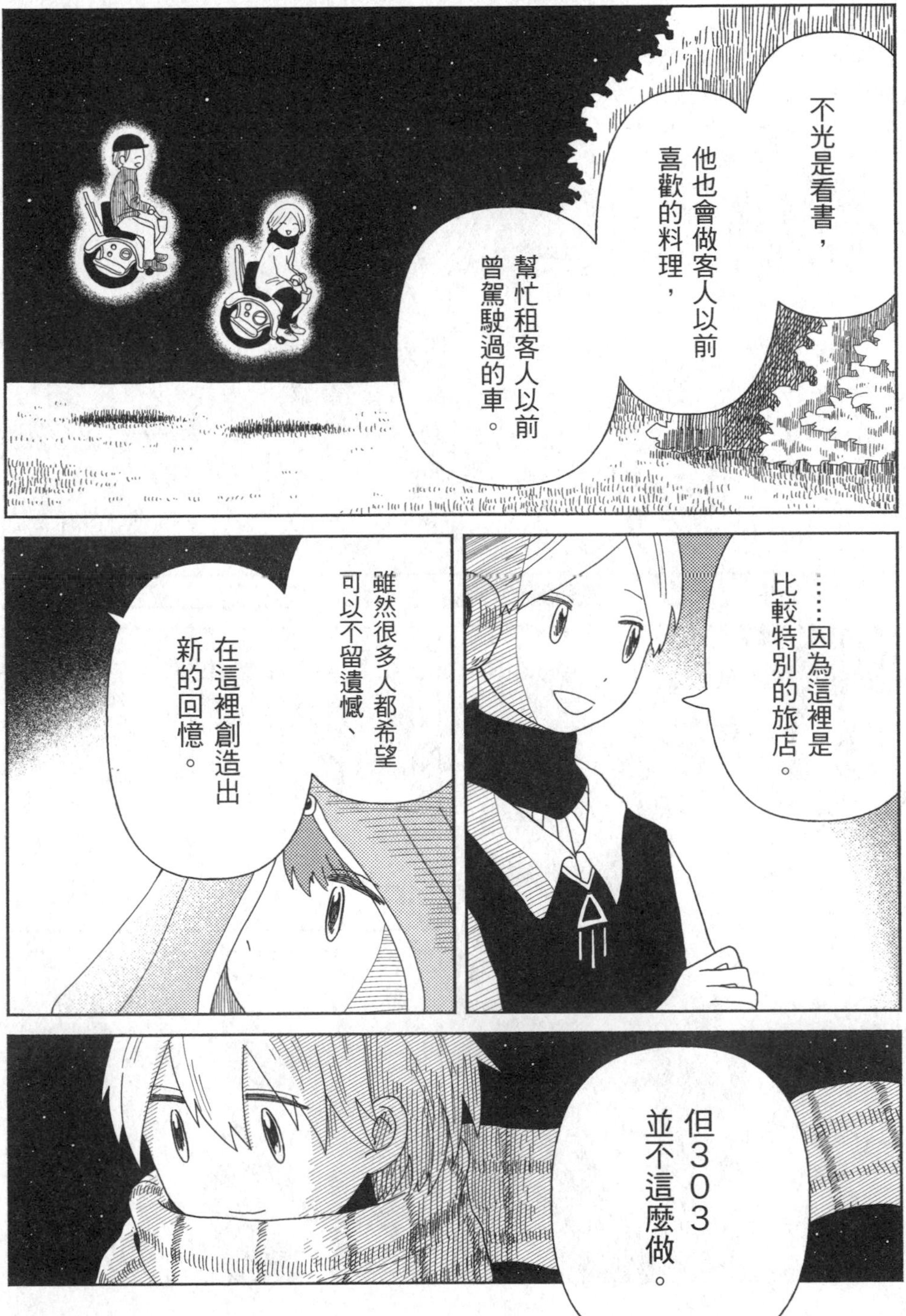
不光是看書，
他也會做客人以前
喜歡的料理，
幫忙租客人以前
曾駕駛過的車。
……因為這裡是
比較特別的旅店。
雖然很多人都希望
可以不留遺憾、
在這裡創造出
新的回憶。
但303
並不這麼做。

他會陪伴對方一起回顧，
對方珍藏在心中的重要事物。
果然是在文化保存局工作的人呢！
不過也不用想得太複雜，
他只不過是很喜歡別人的過去罷了。
哈哈哈。
很喜歡？
反了，正因為他是這樣的人，才會在文化保存局工作喔！
哦。

303這個人啊～對P-TOT的毒素免疫，所以還會吃下［紅果實］喔！
咦!?
吃下……［紅果實］!?
嗯。
他的興趣是觀看別人的記憶。
他就是這種體質。
……
如果妳也有不想被觀看的回憶，
要記得拜託他別吃下妳的［紅果實］喔！
呃，
我全都是些不想被看到的回憶……
哈哈哈。
那傢伙才不會答應這種事呢！
哈哈，你從剛剛起到底是怎樣啦～

「紅果實」是
一個人的回憶，
珍藏在內心的
片刻回憶，
也是人們，
存在過的證據。
……303前輩，
究竟看到了什麼樣
的風景呢……
這個嘛，
……反正，
不管是什麼，

能留存在內心的回憶，
肯定並不算多。
有機會的話，就盡量留下一些愉快的回憶吧！
好的。

今天的工作已經結束了。
辛苦妳了。
……那個，505前輩，
謝謝您帶我繞路。

我本來想讓303，在旅店為妳說明一些關於托比亞斯樹的事，
但他人不在那裡。
比起上街，那傢伙在旅店和森林的時間還比較多。
跟清醒的人比起來，
他好像更喜歡親近那些快要睡著的人。
……
……感覺……好像有點寂寞呢。

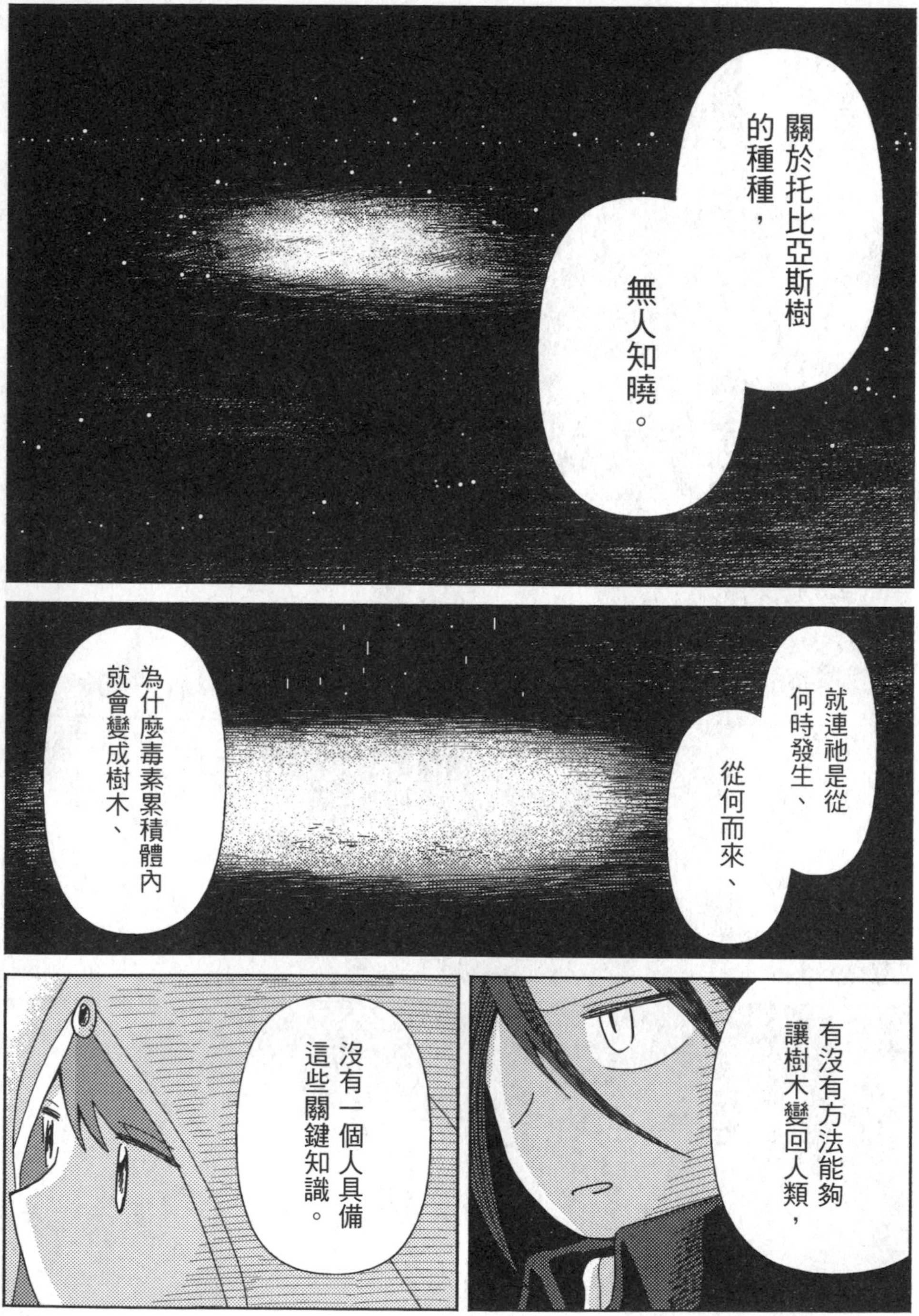
關於托比亞斯樹的種種，無人知曉。
就連祂是從何時發生、從何而來、
為什麼毒素累積體內就會變成樹木、
有沒有方法能夠讓樹木變回人類，
沒有一個人具備這些關鍵知識。

大家只曉得，
必須得面對托比亞斯樹。
究竟該憎恨它、還是親近它，
並沒有一個正確解答。
最後就是，
只能藉由審視自己的過去，
找到面對托比亞斯樹的方法。

如果妳還想知道更多關於托比亞斯樹的事，
303的建議應該可以作為參考，
畢竟他曾親近許多人的「回憶」。

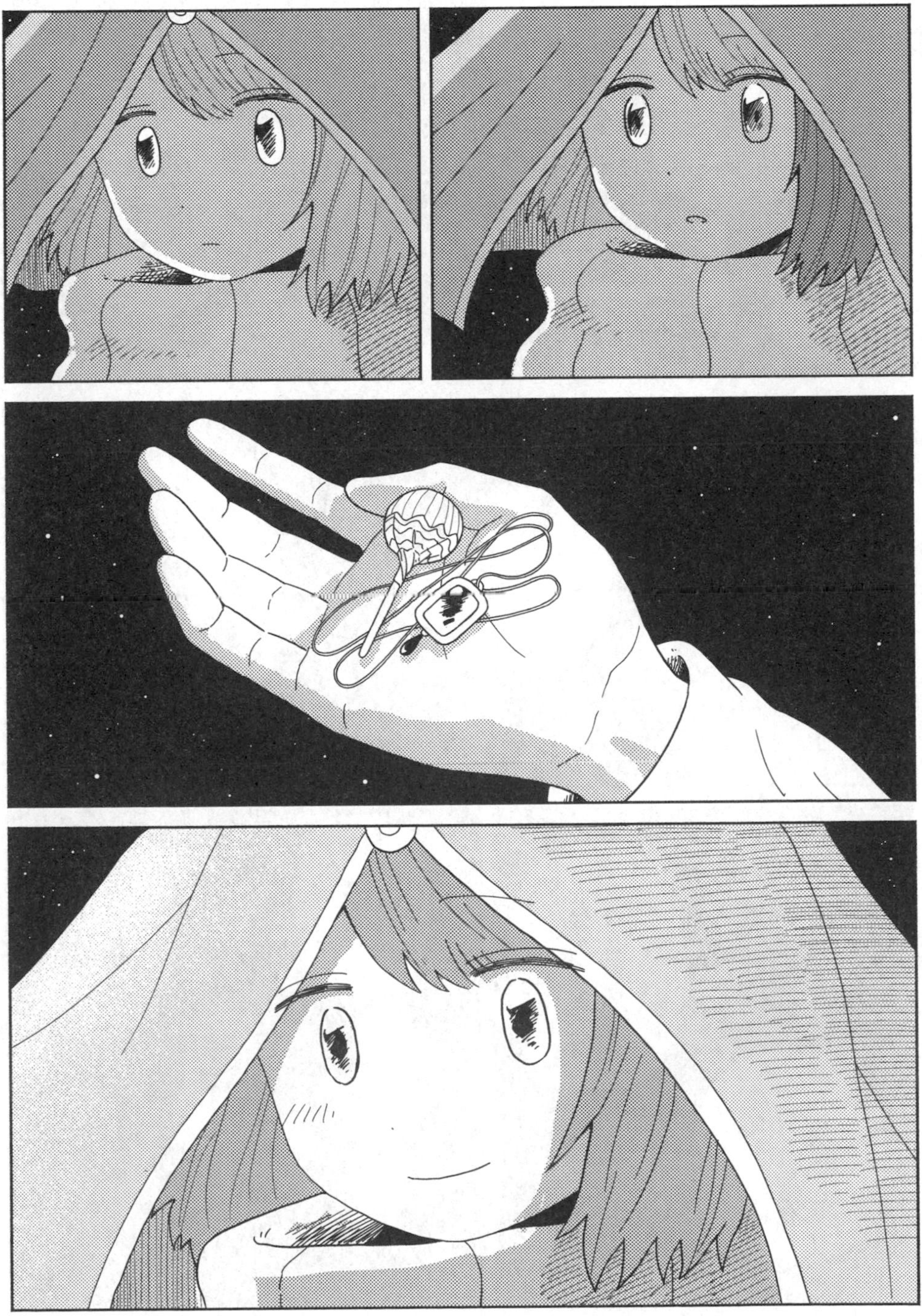

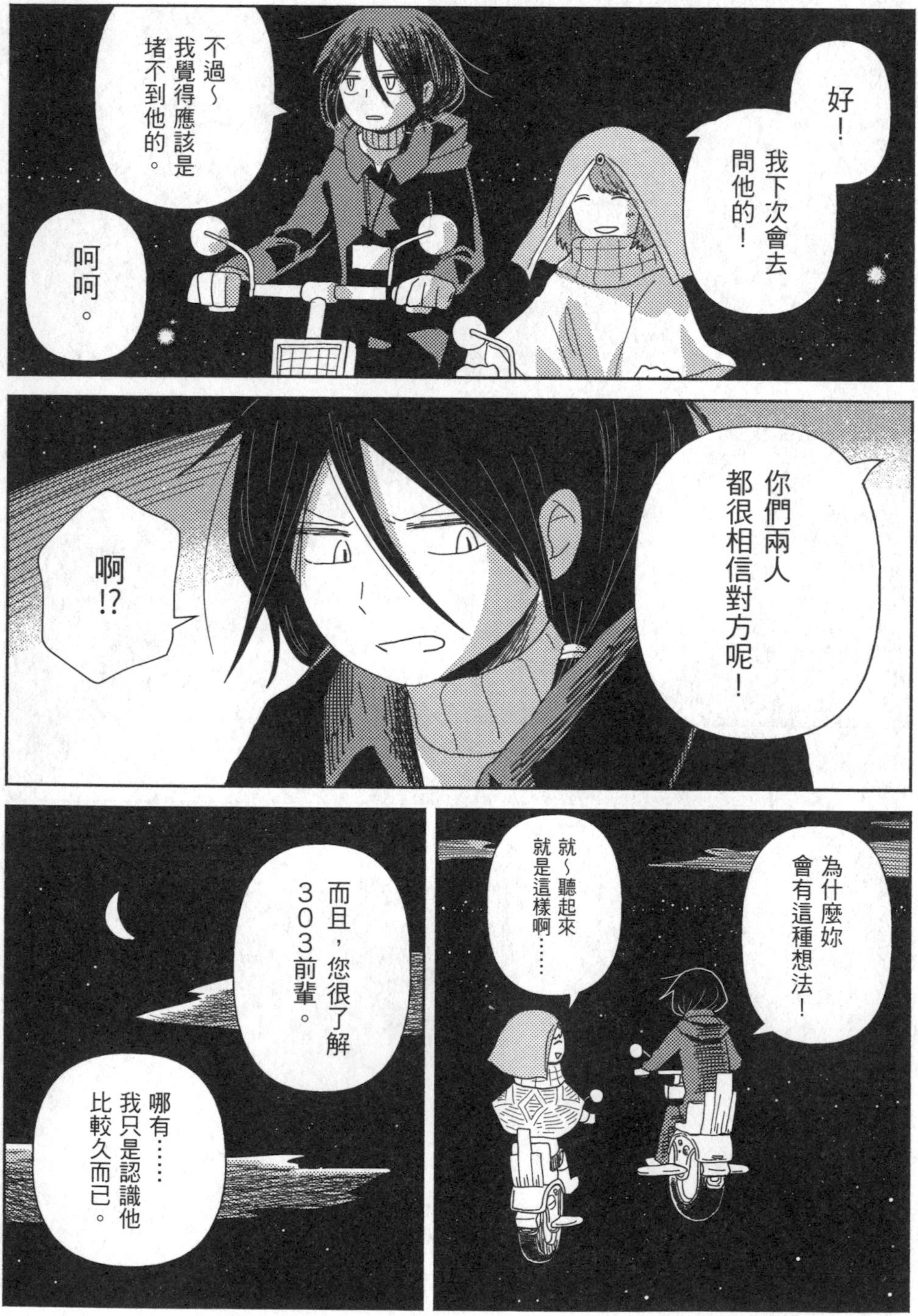
好！我下次會去問他的！
不過～我覺得應該是堵不到他的。
呵呵。
你們兩人都很相信對方呢！
啊！？
為什麼妳會有這種想法！
就～聽起來就是這樣啊……
而且，您很了解303前輩。
哪有……我只是認識他比較久而已。

那傢伙到底在想什麼，我也不是很了解。
而且，
他才沒有很相信我呢！
他老是把我當晚輩，
久久才回來一次……
也不來露個臉。
妳那是什麼表情？
妳的宿舍繼續直走就到了。
好的！

505前輩。
我今天……
過得很開心。
那就好。

掰掰—
呼—
累死了……

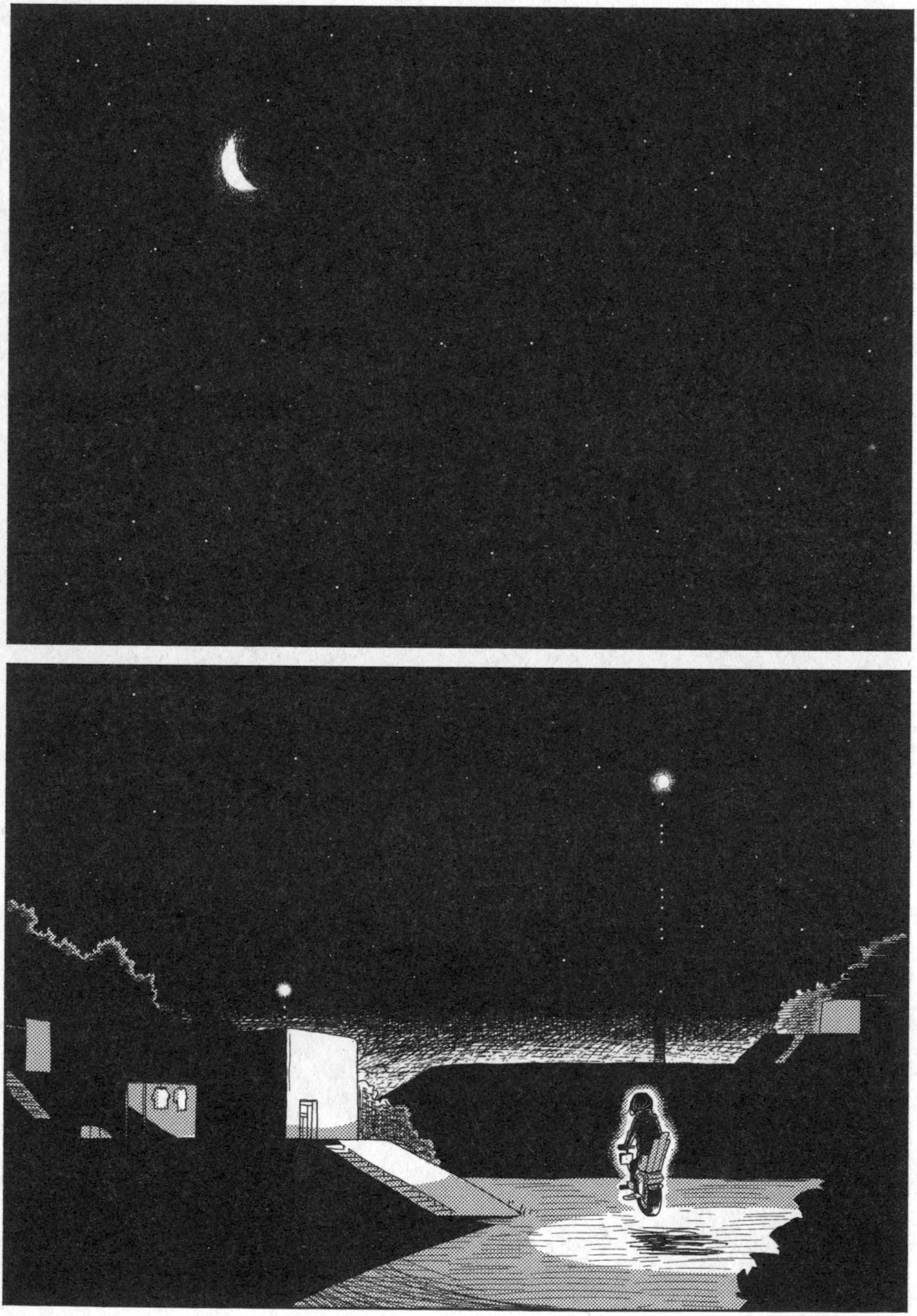

呷…

啊，505！
"Good Midnight!"
夜安
這麼晚才回來。
頭髮也太亂了吧。
你怎麼會在這裡？
因為門沒鎖呀！
你又忘了鎖門，對吧！
要小心一點才行啊！
明明就是你非法入侵，還理直氣壯的樣子。
有什麼事嗎？

我覺得你應該
有很多想講的話。
今天
不好意思啊，
謝謝你。
多虧有你，
我今天度過
很棒的一天。
303。
嗯？

歡迎回來。
嗯。
你只回我「嗯」對嗎……
因為這裡又不是我家。
我不是這個意思……
啊——……好了，我要說的話已經說完了。
哦！這麼快就說完了，真是幫了大忙。
喂！

你累了吧！要泡一杯甜甜的茶嗎？
嗯～
……算了，你應該也很累吧！
怎麼不再多罵一點呢？
因為我睏了……
沒關係，我在工作時已經休息夠久了。
給我認真工作啦……

欸，505。
明天要不要一起出去走走？
久違的一起出遊吧！
啊～～～～～～咦？好啊！
你這是什麼反應？
有什麼想去的地方嗎？
嗯～……
要遠一點還是近一點呢……
好問題，哪個呢？
我現在一點想法都沒有……
呵呵呵。

那明天睡醒再一起決定吧！
嗯。
好期待喔。
嗯。

episode.04 終

episode.05 阿比斯城遺跡

Voya
poke

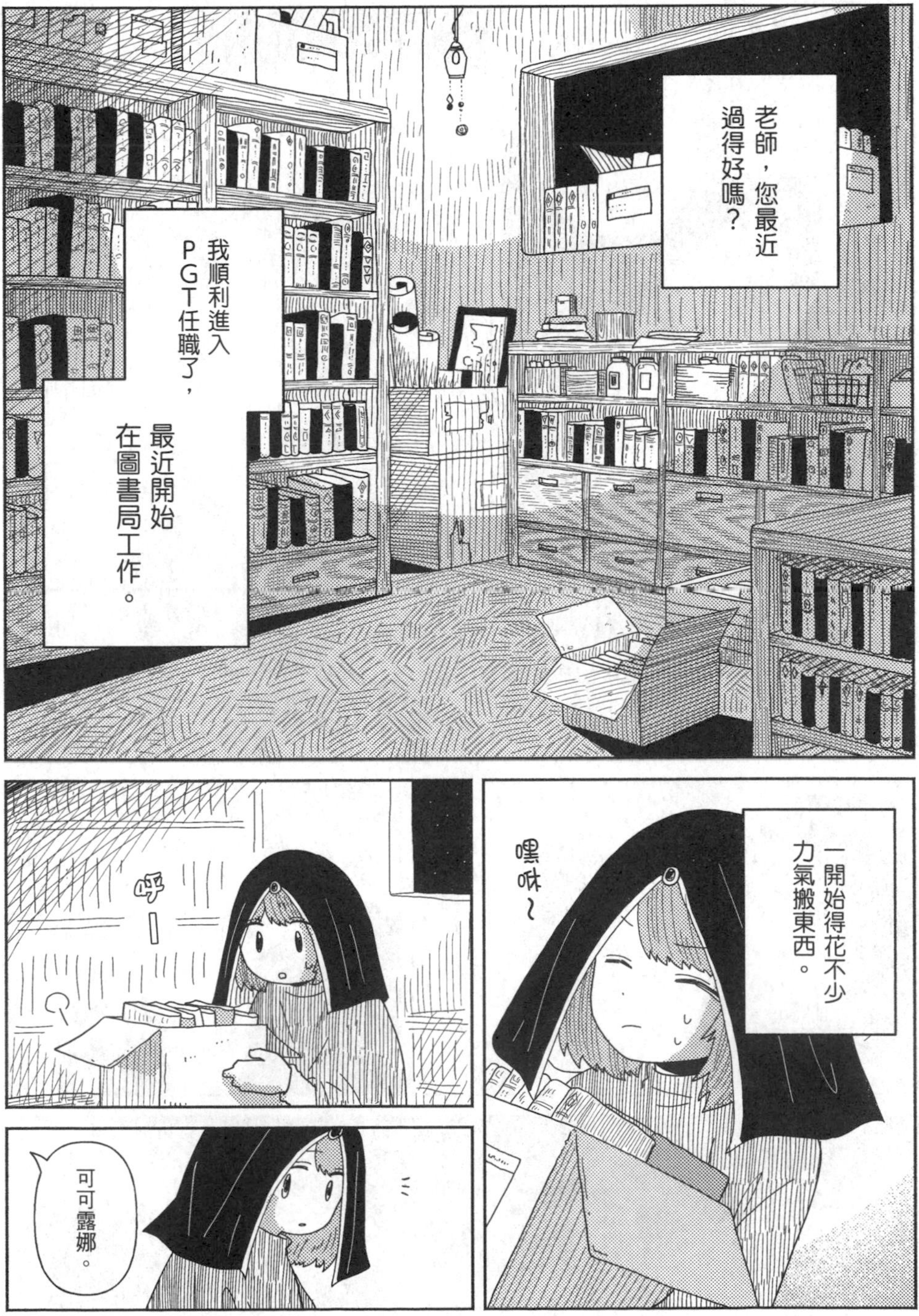
老師，您最近過得好嗎？
我順利進入PGT任職了，最近開始在圖書局工作。
一開始得花不少力氣搬東西。
嘿咻～
呼ー
可可露娜。

還沒搬完嗎？
是的……
皮皮前輩，
是位有點可怕的前輩。
她怎麼會在圖書局？
沒關係啦，先休息一下吧！
不好意思。
現在要去製作妳的員工證唷！

進公司報到後，大家都是用這台機器自己製作員工證。
餐券、休息室預約卡也都是用這台機器製作。
哦——
登記證號選幾號好呢？
嗶嗶
什麼！登記證號是可以自己決定的嗎？
嗯。
從這些發光的號碼當中挑一個吧！
反正也不會常用到，隨便選一個吧……
那，請問有412號嗎!?
412……嗯，有的。
太好了～！

412……是舊天文圖書分類號碼中的「天使文學」嗎？
啊！是的！
我很喜歡天使文學。
您怎麼會知道圖書分類號碼呢？
嗶嗶
……因為妳桌上有天使文學的書。
前輩該不會也是用圖書分類號碼當作登記證號吧!?
623是「天文詩」對吧！
您喜歡天文詩嗎？
……不是耶。
啊、這樣啊……
623是「數學美術」唷！
啊！是里亞斯圖書分類號碼吧！
……呃，嗯。
……第一次有人發現。
因為是比較少人用的圖書分類法。
啊……前輩笑了？
……那個，皮皮前輩，可以請教一件事嗎？
什麼事？

303前輩與505前輩，為什麼是用登記證號來稱呼他們呢……
真不愧是悠哉星人耶。
我自己是覺得不要去深究別人的名字比較好喔。
這、這樣啊。的確是……非常抱歉。
505只是在模仿303而已，他有自己的名字喔！
啊，前輩還是回答我了。
嗶嗶
要是妳直接叫他本名他會生氣，但他好像也沒有要隱瞞的意思，可以直接問他。
哦……

303…我就不清楚了。
喀噠
那傢伙……好像從進公司前就叫作303了。
咦？用數字當名字嗎？
可可露娜，
妳最好小心303。

關於托比亞斯樹，303有太多可疑的地方了。
他完全不會受到P-TOT的影響，
就連一般人吃了就會立刻睡著的「紅果實」，他吃了也完全沒事。
而且也有許多報告指出，與他樣貌相似的少年出現在「發芽」的人夢境中。

夢境……？
那傢伙很了解托比亞斯樹，
他雖然知道卻什麼都不願透漏。
交
假寐星球上常會看到睡著的人，
但他總是傻笑帶過……
我啊……
最討厭那傢伙了！
……
回去工作吧！
……是。

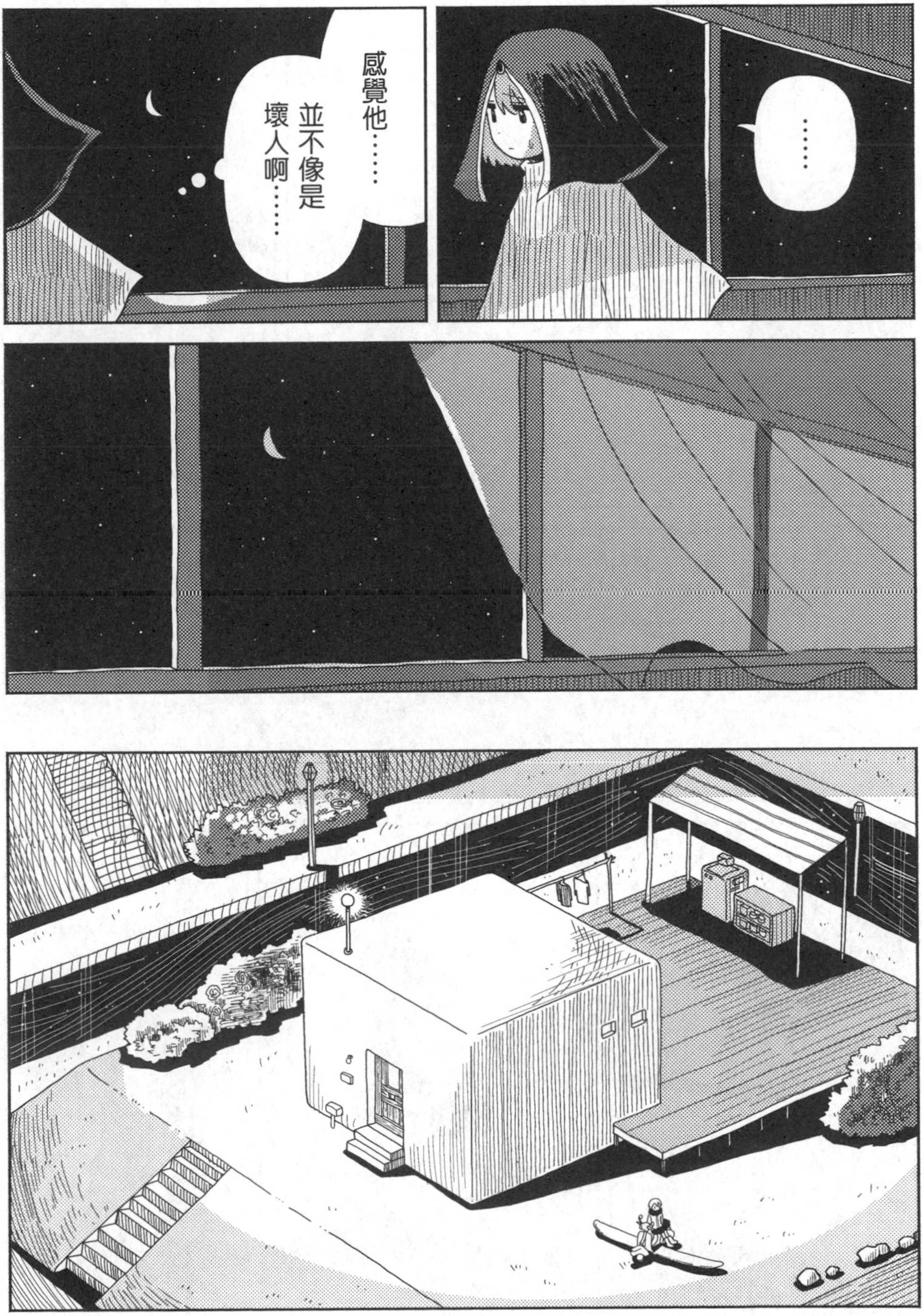
……
感覺他……並不像是壞人啊……

Planetaria
303
圍上
呼—

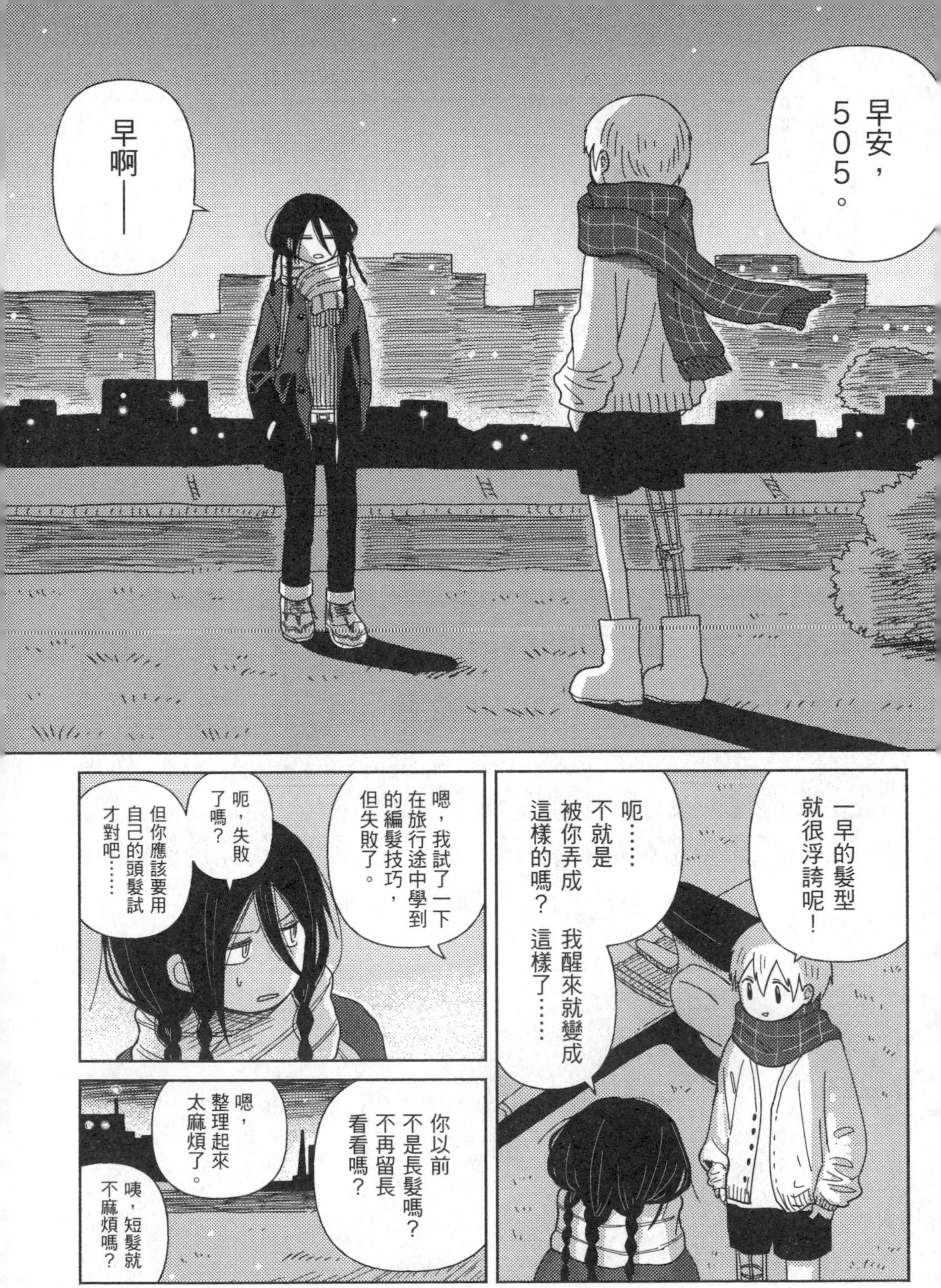
早安，505。
早啊——
一早的髮型就很浮誇呢！
呃……不就是被你弄成這樣的嗎？這樣了……
我醒來就變成
嗯，我試了一下在旅行途中學到的編髮技巧，但失敗了。
呃，失敗了嗎？
但你應該要用自己的頭髮試才對吧……
你以前不是長髮嗎？不再留長看看嗎？
嗯，整理起來太麻煩了。
咦，短髮就不麻煩嗎？

啊～有夠冷的～
肚子餓了。
我做了早餐唷！
咦！真的假的？
有蛋瑪戈三明治、菠菜烤餅跟肉桂茶。
哇！謝了！
天還沒亮就吃早餐應該沒關係吧！
嗯。
今天要去哪裡呢？
啊！那個。

這裡怎麼樣？阿比斯城遺跡。
雖然是個廢墟，但最上方的房間可以住宿，
你應該會喜歡。
Castle Stay
啊～我喜歡！
嗯—
不過今天要去你喜歡的地方才對，
也算是昨天的補償。
喂——可以不要再提補償那些的嗎？
你以前也幫過我。
要這樣算的話根本就沒完沒了呀！
嗯，也是。我知道了。

那今天就不算是補償，就是一般的旅行囉！
嗯。
催動
要不要我來騎？
偶爾換個人騎
不要，你騎太慢了。
啊？
出發囉～
咚咚咚
咚咚咚

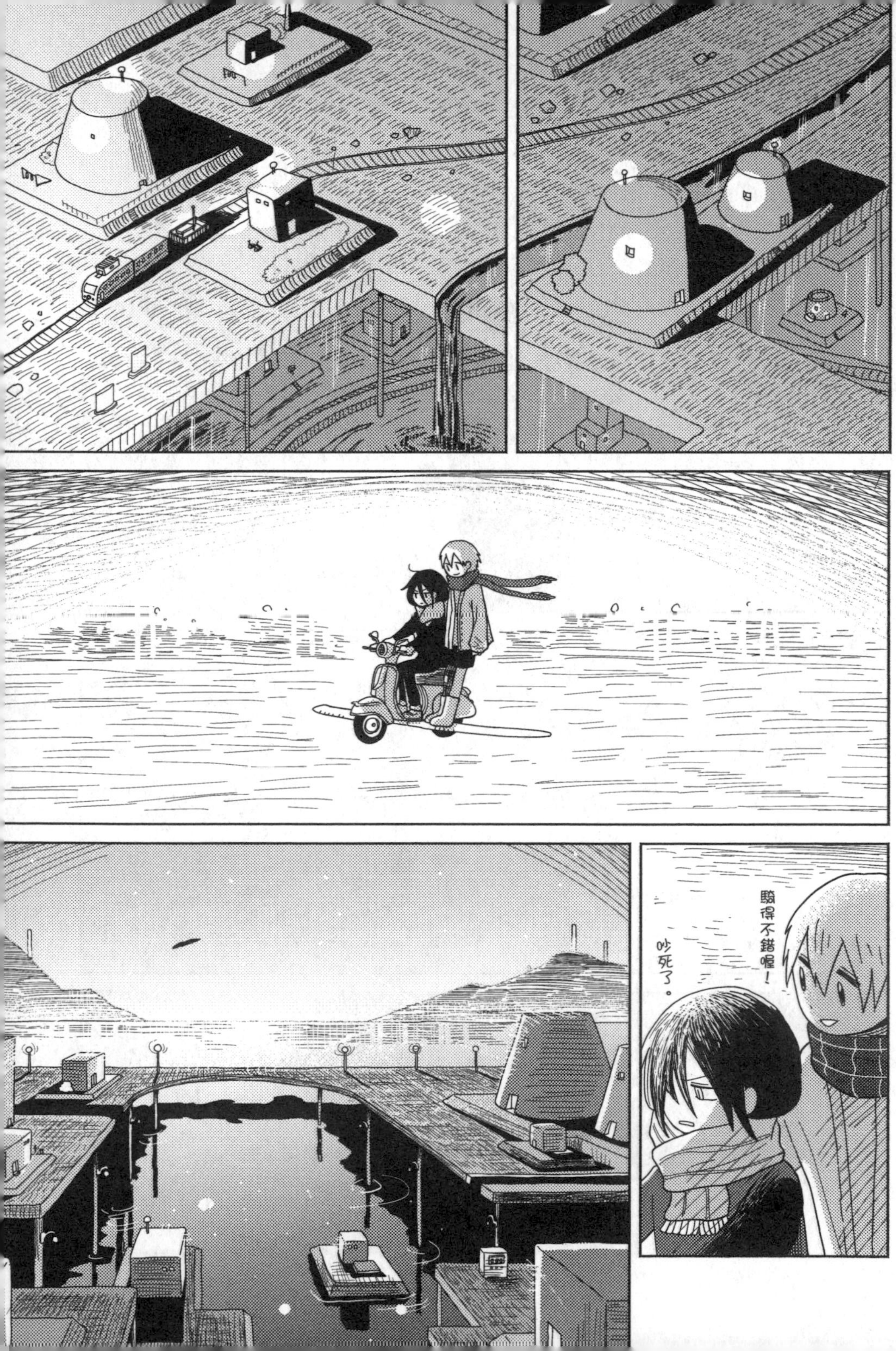
騎得不錯喔！
吵死了。

久等了，已經到囉——
辛苦啦——
城跡是在那裡嗎？
嗯。只剩下城牆了。
嗯。什麼都沒有呢。
好冷喔～
真的很冷～

滑溜
哇，怎麼會這樣？
這裡超滑的耶！
真的耶～
我還穿了新運動鞋耶～
這可是卡爾頓庫魯的限量款。
哦！好好看喔！
我有帶防水噴霧喔！
哦！謝謝。
你今天準備得很周到耶！
因為我是旅人嘛～
咻ー
咻ー
你幹嘛啦！
這是全身都可以噴的喔！
嗯嗯

當個在公司上班的旅人，感覺如何？
嗯～？
比自己一個人旅行時稍微不自由一點啦。
但可以自由選擇宇宙飛行機這點很棒喔！
哇～
你要不要也去其他星球看看呢？
才不要。
在我不知道的星球上，樹木會長在奇怪的地方，我覺得好可怕。
這樣啊。
？
怎麼有一條奇怪的小路。
水溝嗎？

這應該是涵洞吧！
這裡在以前可能是小河或水道喔！
啊。
現在是把蓋好的涵洞當作是步道嗎？
嗯。
嘿咻。
滾來滾去
你還真是想都沒想就躺下去了。
嗯。

滾過來
你在聽什麼?
嗯。
……呵呵,我什麼都沒聽見~
哈哈哈。
為什麼這裡要蓋上蓋子呢?
這個嘛。

可能是怕水溢出來淹到周圍的建築吧！
我常聽說是因為這樣的原因。
？
可是這一帶又沒有人住。
以前肯定有吧！
因為剛剛有看到一些管線跟街燈。
這算是城池嗎？
可以算是嗎？
這一帶完全沒有留下任何記錄，
真的難以想像究竟是怎麼模樣耶。

要是以前住在這裡的人，有在哪邊變成樹就好了。
這樣的話，我就可以吃下他的「紅果實（記憶）」，確認看看了。

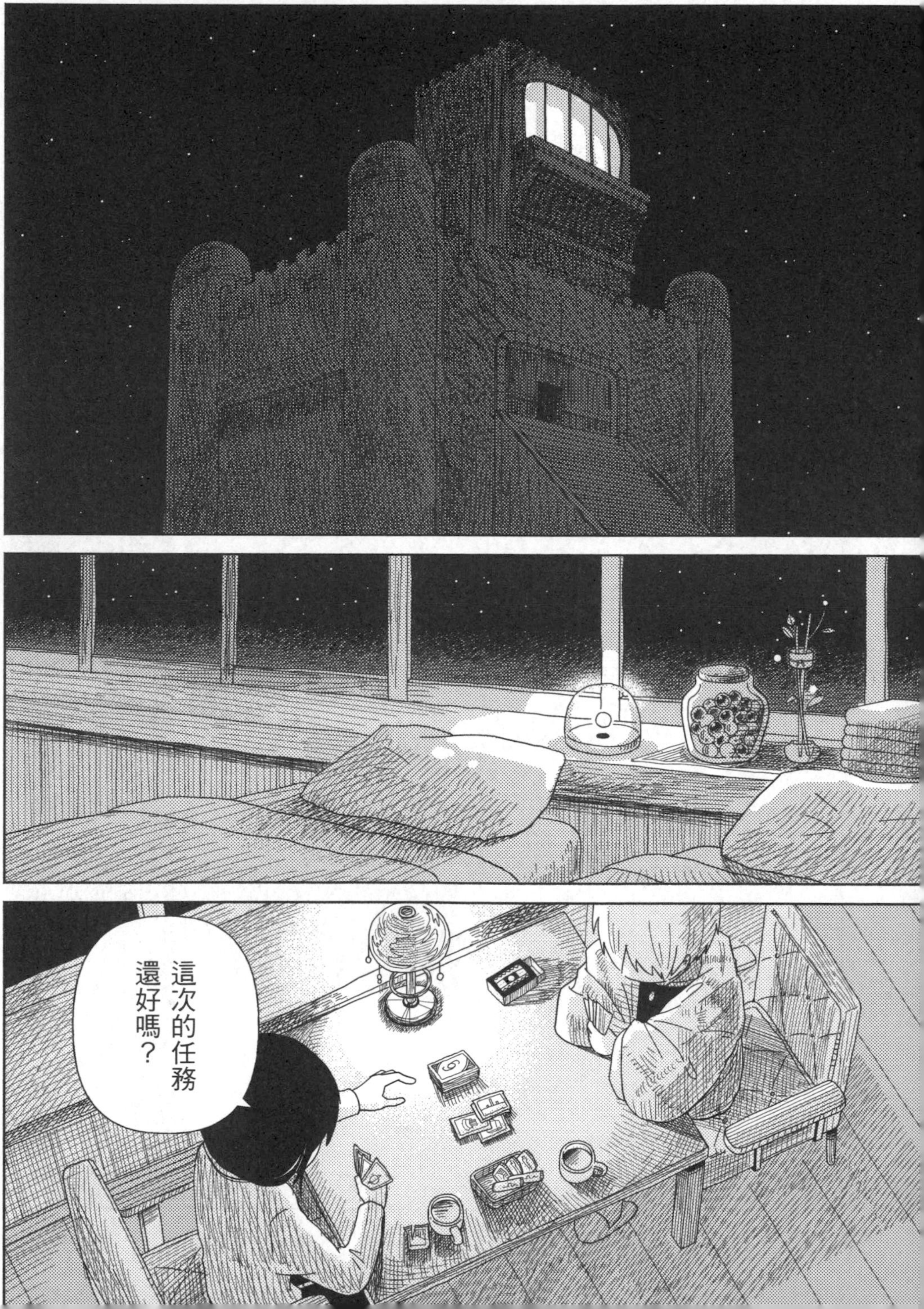
這次的任務還好嗎？

有趣嗎？
嗯，還不賴。
我有照片，要看嗎？
嗯。
咦，這不是可可露娜嗎？
你們是在哪裡游泳呀？
這是夜空圖書館的水道。
你到底在做什麼呀……是不是你慫恿人家的？
嗯，我們有一起游泳喔！
笨蛋～
愛生氣就不給你看囉！
搶回
我沒生氣、沒生氣啦！

……完全沒拍到你耶。
嗯。
啪啦
因為我不喜歡被拍。
哦～……
……我喜歡你拍的照片。
咦？謝謝你。

那我也來拍一下這間房間吧！
跟我之前來的時候很不一樣呢！
啊!?
你之前有來過嗎？
嗯。
什麼嘛！怎麼不早說！
捏～
又沒關係，跟你是第一次來呀！

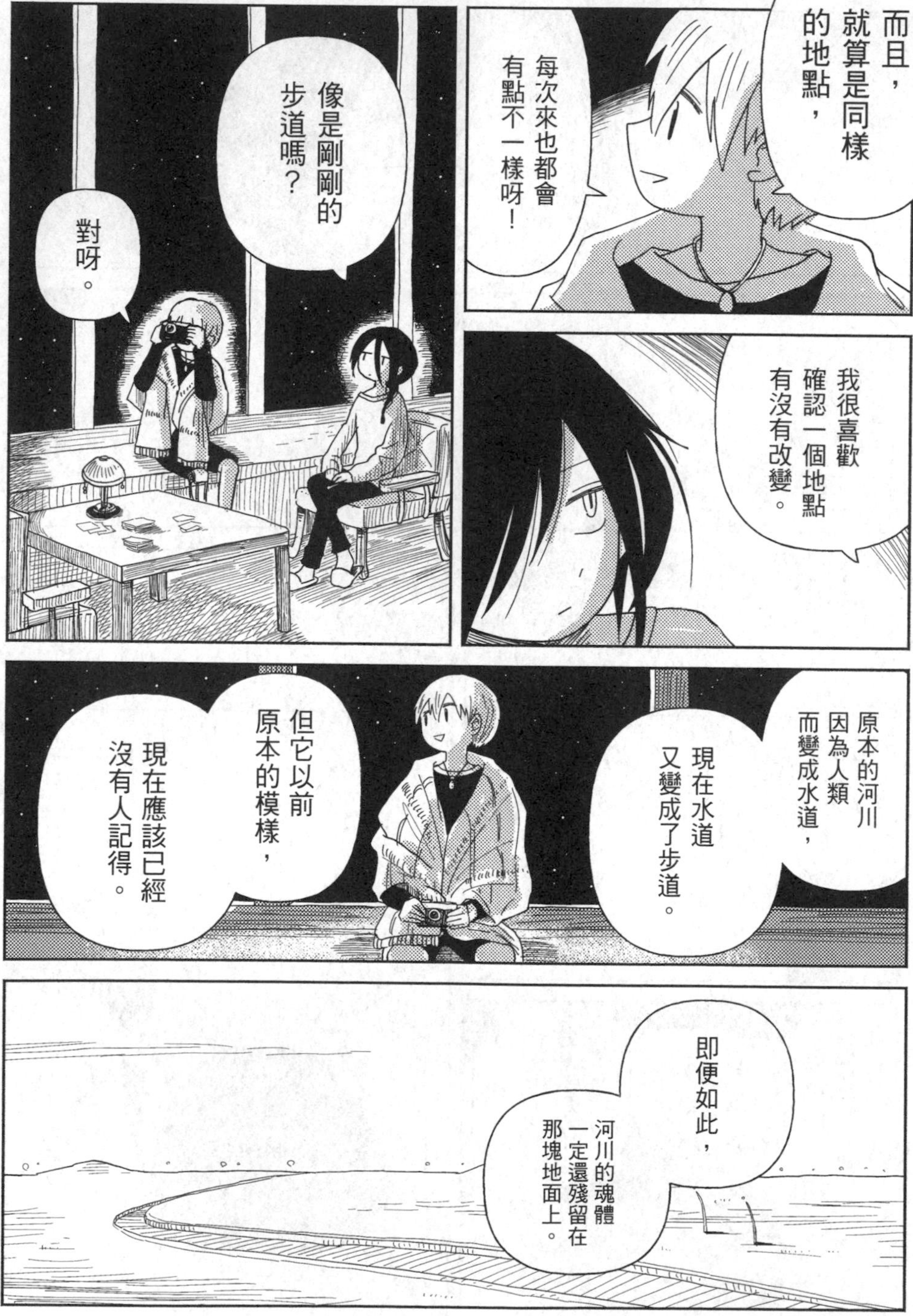
而且，就算是同樣的地點，
每次來也都會有點不一樣呀！
像是剛剛的步道嗎？
對呀。
我很喜歡確認一個地點有沒有改變。
原本的河川因為人類而變成水道，
現在水道又變成了步道。
但它以前原本的模樣，
現在應該已經沒有人記得。
即便如此，
河川的魂體一定還殘留在那塊地面上。

某些東西可能會消失、可能因毀壞而重新建造了替代品，
但從前的模樣絕對還是，
會以某種零碎的形式留存到以後……
而那又會成為新的風景，成為別人心中新的回憶。
我覺得這是一件，很美好的事。

你指的是托比亞斯樹嗎？
……是呀。
托比亞斯樹，也算是人類活過所殘留下的一部分吧！

……比起人類，你是不是更喜歡樹呢？
嗯。
……因為，改變又不是一件壞事，
誰都沒辦法阻止的。

303……
不是這樣的。
這世界上一定有些事物是不會改變的喔！

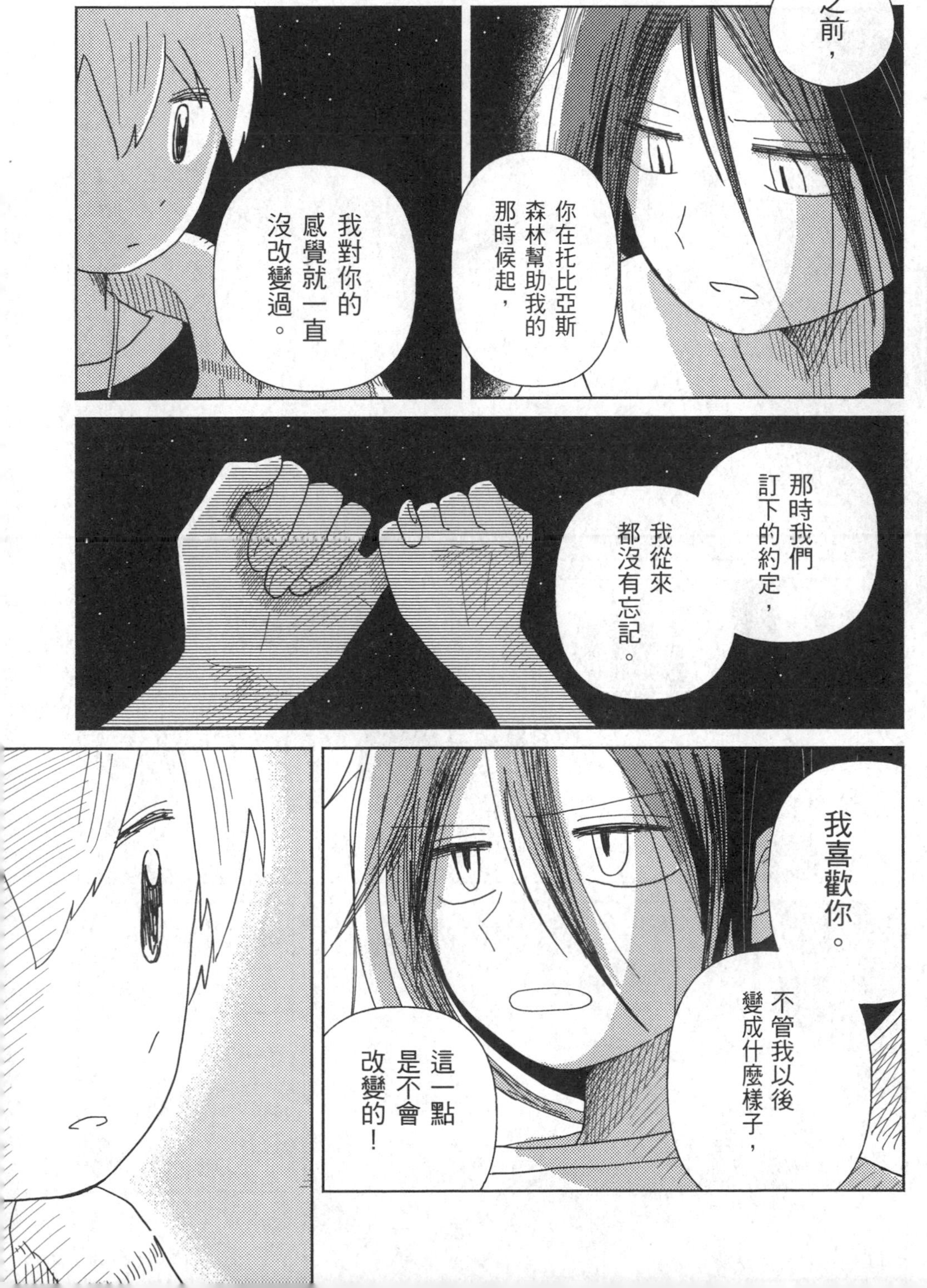
之前，
你在托比亞斯森林幫助我的那時候起，
我對你的感覺就一直沒改變過。
那時我們訂下的約定，我從來都沒有忘記。
我喜歡你。
不管我以後變成什麼樣子，
這一點是不會改變的！

啊哈哈。
怎麼這麼突然!!
你還沒睡醒嗎?
才不是!!
畢竟你向來就是想睡時,就會開始說些奇怪的話呀!
我才沒有說奇怪的話呢!!
現在或之前都沒有!!
哈哈哈,抱歉抱歉。
這樣啊!
……我們的約定啊。
真是懷念呢……

咦？話說我們的約定是什麼呀？
啊啊啊
吼～
不說了、不說了。
你就是這種人。
繼續玩牌吧！
好啊～
現在是3比2對吧！
明明就是5比0，你太遜了吧！
真是的——

嘶ー
嘶ー

啪嗒
托比亞斯
與天使

唔～……

你長大了呢，
吉里。
變重了、
也長高了。
就快要
追過我了呢！

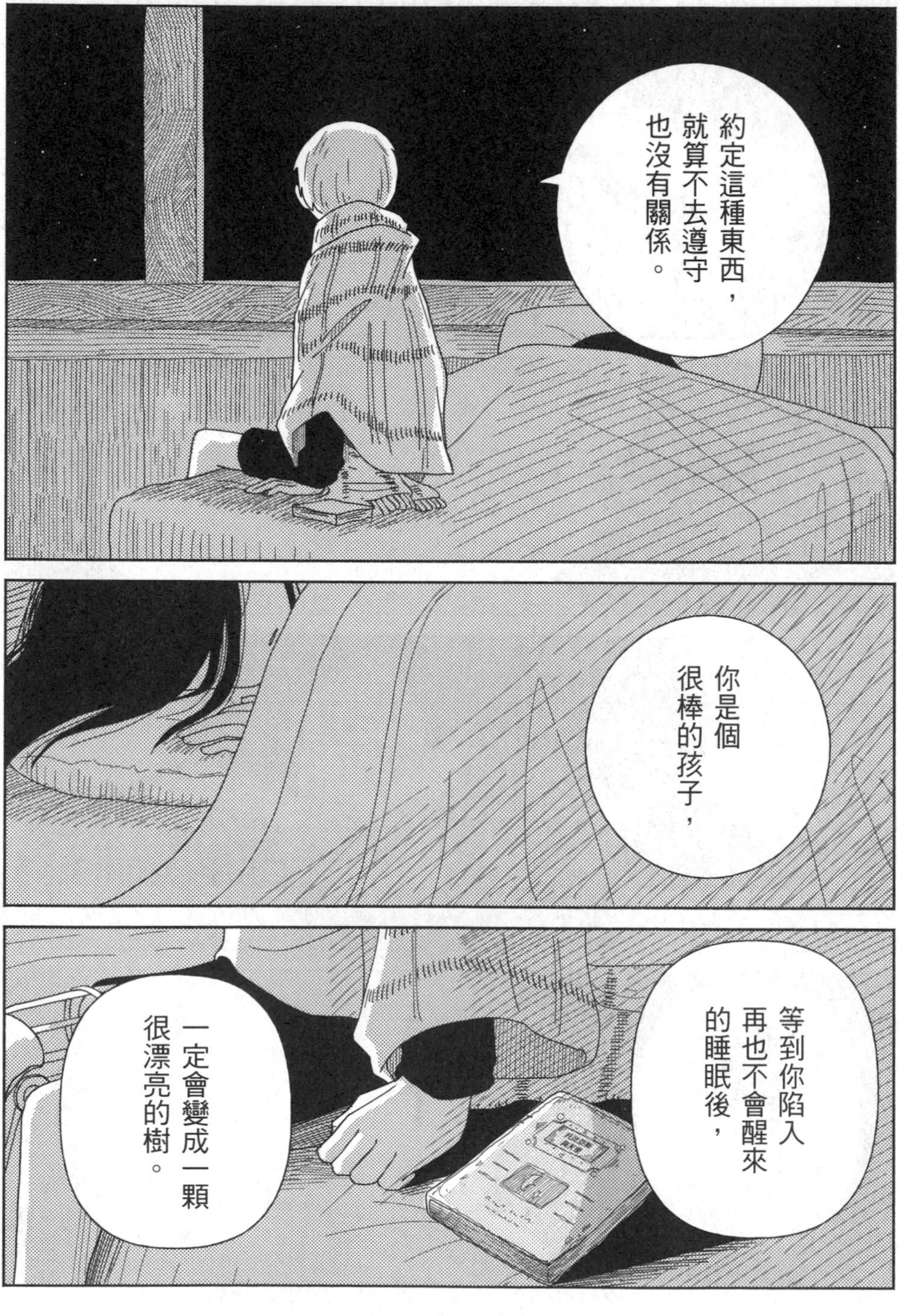
約定這種東西，就算不去遵守也沒有關係。
你是個很棒的孩子，
等到你陷入再也不會醒來的睡眠後，
一定會變成一顆很漂亮的樹。

我會把你的「紅果實（記憶）」全部吃光喔！
會有著什麼樣味道呢？

episode.05 終

附錄 四格漫畫

皮皮前輩，請教教我！

對罕見事物的好奇心

後記

大家晚安，
我是坂月魚。
非常感謝大家願意翻閱
這本《星旅少年》。

小時候，我的枕頭旁就有書架，
我總是把喜歡的書放在那邊，
在睡前讀那些我喜歡的書。
無論是快樂或悲傷的日子裡，
書本總是能帶我前往別的世界。
希望這本《星旅少年》也可以
為你成為這樣的書。

接下來，就在第二集再見囉！
祝你有個美好的夜晚。

《坂月魚作品集
Planetarium・Ghost・Travel》
正於PIE INTERNATIONAL
官網發售中，內容與
《星旅少年》的故事有關聯，
請大家多多支持。

2022.4 坂月魚

室長與505的日常

Star Tripper

星旅少年

星辰魂遊旅人誌

坂月魚

1

作者：坂月魚
譯者：林慧雯
責任編輯：蔡亞霖
書籍編排：劉凱西
發行人：王榮文
出版發行：遠流出版事業股份有限公司
地址：台北市中山北路一段11號13樓
劃撥帳號：0189456-1
電話：(02) 2571-0297
傳真：(02) 2571-0197
著作權顧問：蕭雄淋律師
2024年1月1日 初版一刷
定價：新台幣320元
缺頁或破損的書，請寄回更換

遠流博識網 ISBN：978-626-361-405-5
http://www.ylib.com E-mail: ylib@ylib.com
PIE International
Originally published in Japan by PIE International
Under the title 星旅少年1（*Star Tripper 1*）

Original Japanese Edition Creative Staff:
著者　坂月さかな
デザイン　公平恵美
ロゴデザイン　松村大輔（PIE Graphics）
編集　斉藤 香
Complex Chinese translation rights arranged through Bardon-Chinese Media Agency, Taiwan